吟罷江山

陳曉林◎著

目次

目次

中國人共同的感情與記憶（自序）

陳曉林

萬古長空，一朝風月。

從邃古時代到農業時代，從農業時代到工商時代，再從工商時代進入到如今的「後工業時代」或「資訊時代」，歲月迢遙，星移物換，人間大地已經不知變換了多少次面貌，曾經在人類歷史舞台上，迸發過光輝與熱力的無數英雄兒女、志士仁人，也都已經在滾滾而逝的歲月之流中，歸於寂靜。

然而，在茫無際涯的時間長流中，人間世一切的掙扎、吶喊、奮鬥、堅持，難道果真都沒有恆久而深長的意義可言？

穿越過時間的風暴，畢竟有許多個歷經淘煉的民族，從矇昧的

遠古、漫長的中世，逐一踏入了多姿多采的現代社會，各自留下了它們在歲月之流中跋涉而過的軌跡與足印。而無論是否自覺，也無論是否自願，這些軌跡與足印，已經分別成為各大民族共同的感情與記憶，共同的眷戀與關懷。在繁忙而冷漠的現代社會中，這些共同的感情與記憶、眷戀與關懷，甚至已轉化為一個民族之中，人與人之間唯一主要的共通語言。試想：在知識分科與專業分工如此細密的現代社會裏，除了以人文情懷與人文價值來互相溝通之外，尚有何種別的途徑可循？而所謂「人文情懷」與「人文價值」，本就是奠基在人與人之間共同的感情與記憶、眷戀與關懷之上的。正因為擁有著共同的感情與記憶、眷戀與關懷，交互激濁揚清、誘引萌發的結果，現代人的心靈，才能在精確的科技成就之外，仍然不斷締造出嶄新的人文創作。

於是，當代各主要國家都極重視民族遺產的發揚，及歷史古蹟的維護。文學界對於經典作品的詮釋、史學界對於民族史實的強調、藝

術界對於傳統風格的探究，以及民俗學界對於通俗資料的蒐羅，幾乎都到了鉅細靡遺的程度，足見現代人對自己民族的「根」，是何等的珍惜與重視。

這些對具體史蹟或文物所作的研究，重點在於抉發、並闡明自己民族資產中，所含藏或體現的「精緻文化」理念與價值。另一方面，由於十九世紀歐洲歷史思想家如維科（Vico）、赫爾德（Herder）等人對「時代精神」、「民俗精神」的強調，以及二十世紀著名心理學家佛洛伊德對文學作品「深層結構」的挖掘，尤其心理學家容格（Jung）對「集體潛意識」的闡釋，現代人對於「通俗文化」的內涵與價值，也產生了莫大的興趣。甚至有人認為：默默流傳於鄉野民間，過去不太受到文人學者重視的「通俗文化」，才真正反映了一個民族在它多數民眾心靈中，汩汩流動著的共同的感情與記憶、共同的眷戀與關懷。

於是，在當代西方文學界，通俗文學的地位，大為提高，以往被

視為不入學者之眼、不登大雅之堂的作品，一經從新的角度重新「解讀」之後，卻可能發現其中含有不少與民族「集體潛意識」之中，多數人民的精神動向之認同或沉澱、嚮往或追慕有關的內涵。而這些內涵中，甚至不乏全人類所共通的普遍性人文情懷與人文價值，即使在二十世紀後期的如今看來，仍具有鮮明靈動的生命活力。

一個民族共同的感情與記憶，或者，一個民族的「集體潛意識」，經常表達、並保留在這個民族的神話、史詩、傳奇、述異、民謠、掌故、戲劇、舞蹈，乃至民俗行為之中。正式歷史所記載的，往往只是一個民族具體的政治、經濟、社會，與文化思想等業績表現，是屬於「顯意識」的部分；神話、史詩與民間傳說之中，則反映了古遠歷史沉澱而成的「潛意識」，從而也恰好可以補充正式歷史的視域與層次。

一般而言，與希臘、印度及西方文明相形之下，中國較為缺少系統井然的神話與格局宏麗的史詩。然而，由於中國人的歷史意識特

別明晰而強烈，所以，歷史作品常常成為承載中國人共同感情與記憶的最佳媒介。可惜的是，中國人的正史在反映民族「集體潛意識」方面，仍然有其局限。這是因為，其一：正史大抵皆出於官方修纂，較為注重體面的維護與具體的功績；其二：正史的文字大多古奧而雅馴，主要流通於博學的知識分子之間，不適合處理詼詭譎怪的民俗傳說；其三：兩千餘年以來，中國的正史累積了太多的冊集，「一部二十四史，不知從何說起？」民間大眾即使想從正史中，感知中國人共同的感情與記憶，也往往有無從著手之苦。

除了司馬遷《史記》中生動的文字及活潑的思想，是一空前絕後的特例之外，中國的正史，無論如何精采，紀傳體如前後《漢書》、新舊《唐書》，編年體如《資治通鑑》、《遼金元實錄》，紀事本末體如《通鑑紀事本末》、《明史紀事本末》，著述體如《通志》、《通典》、《文獻通考》，所處理的範圍或課題大抵全是屬於中國人「顯意

識」層次的事蹟，而難以深入掌握中國人「潛意識」心靈的脈動。

好在，遠溯先秦時代，中國即有長期私家撰著及稗官野史的傳統；自唐朝以後，民間講史與說書，更蔚為歷史不衰的風氣。而在這源遠流長的社會風潮中，諸如平話、講史、演義、說書與誌奇、述異等民俗文學，從口傳到筆錄、從粗獷到優美，形成了世界文學史上的一大奇觀。這其中，尤其是以明朝羅貫中《三國演義》為代表的整個歷史演義系統，恰好在歷朝官修的正史之外，提供了一個平行對應的民間野史世界。

這些來自草野民間的文學人物，將中國人在帝王專制的重壓之下，所經歷的掙扎與吶喊，所表現的奮鬥與堅持，所懷持的嚮往與追慕，所體映的眷戀與關懷，以文學家的筆觸，吟遊者的聲調，悲愴而浪漫地傳述了下來，保留了中國人亙古以來共同的感情與記憶，也保留了中國民族的「集體潛意識」。這種歷史演義，形式上略近於西洋

文學中的「浪漫傳奇」（romance）及「歷史小說」（historical novel），但卻又有基本上的不同，因為中國的歷史演義，並不完全脫離歷史的事實，而自馳想像，只是往往從民間的立場，揭露了正史所掩蓋著的斑斑血淚與重重煙幕而已。

於是，誠如清代名學者俞曲園所言：「一部廿四史，衍成古今傳奇，英雄事業，兒女情懷，都付與紅牙檀板。」而在中國的鄉野民間，在中國的山陬水涯，尤其在中國的文學讀者群中，紅牙檀板所象徵的歷史演義，永遠是一種鮮活而真切的文學經驗，因為這是中國人共同感情與記憶的結晶，也因為中國人所遭遇的歷史考驗與生命愴楚，可以透過閱讀這些逼近歷史真相的文學作品，獲得一定程度的清滌與昇華。正如古希臘人可以在觀賞其悲劇名家如索福克利斯、尤里披底斯等人的悲劇傑作之時，或近代西方人可以在觀賞莎士比亞的四大悲劇演出之時，獲得清滌與昇華一樣。

「斜陽古柳趙家莊，負鼓盲翁正上場，身後是非誰管得？滿街聽唱蔡中郎。」在古代中國，講史和說書，是一種專業技能，無論是手執紅牙檀板的演藝少女，或是胸羅千古憂苦的負鼓盲翁，其實，都是在述說著亙古以來，中國人共同的感情與記憶，中國人共同的眷戀與關懷……。

如今，雖然時代已進入二十一世紀的初葉，進入「後工業社會」的階段，極目四顧，紅牙檀板不再，負鼓盲翁已遠，可是，中國人的故事，卻仍將一代又一代地流傳下去。

這些故事，刻畫了中國人在歲月之流中跋涉而過的軌跡與足印，也迴映了中國人在心靈意識中沉澱而成的情懷與價值。在萬古長空中，這樣深厚的一朝風月，可也當真咀嚼不盡。

若以司空圖《詩品》中的句子來表述，正是：「超超神明，返返冥無，來往千載，是之謂乎！」

古愁之葉

百歲如流

周室東遷，諸侯崛起，中國歷史按月有了確鑿的記載，但也開始正式進入紛擾多事的混亂年代。

長達五百年的春秋戰國時期，一方面在學術文化上，由於周衰文弊，世官失所，而形成先秦諸子百家爭鳴的壯觀局面。儒、道、墨三大顯學競爭的結果，至少在表面上，儒家具有明顯入世倫理色彩的仁義學說佔了上風，所以，重義輕利成為中國思想的主流。另一方面，在政治實現上，由於王室獨尊的結構趨於式微卻是一個列國傾軋、權力更迭的風雲時代，公卿世族、才智之士與軍事將領，成為活

躍於歷史舞台的主角，其人格特徵與心理傾向，宛然可見。因此，民間文學作品對這個時代的刻畫，也開始從神話傳奇轉變為歷史寫實。

根據《左傳》、《史記》等史書不完整的統計，僅在春秋時代，中國境內即發生過三百七十八次戰爭，可見列國之間征戰與互併的激烈。到了戰國時代，由於具有強大軍事實力的政權，祇剩下所謂「七雄」，所以，戰爭的總數減少，但殘酷的程度卻相對遽增。秦趙之間的長平大戰，秦將白起一次坑殺所俘趙軍四十萬人眾，可見殺戮之慘烈。但列國軍事擴張的結果，也使中原民族的勢力逐漸伸展到淮河流域、長江流域，甚至珠江流域，為未來整個中國的疆域畫下了主要的輪廓，也為世界政治史上，極其罕見的秦漢「大一統」局面，奠定了初步的基礎。

而從世界文學史的角度來看，英雄時代通常本應也都是史詩時代，希臘人與迦太基人長期爭戰，而有荷馬的《伊里亞德》；羅馬人削

平南歐群雄，而有維吉爾的《伊尼以德》；法蘭克人歷經中古混戰，而有吟遊詩人集體創作的《羅蘭之歌》。然而，春秋戰國經緯萬端的英雄史蹟，不是一部史詩可以涵納的，而秦的強悍、楚的浪漫、齊的通博、魯的嚴謹、吳越的恩怨、燕趙的悲歌，事實上也難以在規格化的文學想像中融為一體。所以，這個時代的英雄傳奇與美女事蹟，往往透過各地民間的口語相傳，而零星流布來下結合著史書記載與民俗傳說，便形成了後代多種講述列國分合的歷史演義，而以《東周列國演義》為其中的翹楚。

五霸七雄的時代，中國境內風雲際會，人才極一時之盛。除了如城濮之戰、諸侯會盟、秦楚相爭、商鞅變法等政治大事之外，管仲與鮑叔牙的生死交情，重耳與介子推的離亂恩怨，屈原與楚懷王的悲劇結合，西施、夫差與勾踐、范蠡的多角關係；以及伍子胥單騎過關、苦心復國的耿耿志節，專諸捨身刺僚、一往無悔的亢直性格，豫

讓紋身吞炭、以報知己的義烈行徑，荊軻白衣渡江、力搏暴君的壯士情懷，在在都說明了在古中國的蒼茫大地上，曾經演出過一幕又一幕令人目眩神搖的史詩情節。

然而，到了秦漢大一統時代，法家當令，專制成形，這一切深具生命的動態之感與悲劇之美的史蹟，都已成為明日黃花。正是：「百歲如流，富貴冷灰，大道日往，若為雄才？」

【一】

從曚昧邃遠的往古，到幽邈迢遙的未來，

時間的長流，

固然淹沒了無數的帝王將相、才子佳人，

可是卻未必能夠淘盡

一切的民族業蹟與文化創造，
因為這是總體性的、客觀化的
人類生命之流，
在浩浩時間之流中的
一片拓影。

【二】

於是有了對死亡的恐懼，對青春的眷戀，
對永生的追求，對不朽的嚮往。
於是有了宗教的祈求、思想的啟發、
哲學的探索、文學的摹寫、藝術的創作，
面對那無垠無限的時間長流、

面對那飛馳不停的無情驅迫，
人類開始有了自己的立足之地。

【三】

作為這些英雄傳奇的共同背景的，
其實即是一整個民族
那遏抑不住
騰躍奔放的生命活力，正在其時到達了
波瀾壯瀾相激相盪的高潮時間，
所以英雄時代通常是
「力」的昂揚時代，
壯美絕倫，動人心魄。

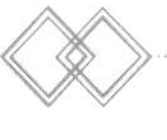

【四】

在古中國的蒼茫大地上，
自睥睨王侯的豪雄英傑，到埋跡市井的狷介志士，
自狹技遨遊的知名劍手，到紋身吞炭的隱名刺客，
彈劍作歌，仰天長嘯，直道而行，仗義而鬥，
千里行而不裹糧，成大事而不留名，
種種鼓盪風雲的豪俠氣概與英雄行為，
曾經標示了民族的生命力，有一度到達了
何等酣暢淋漓的境界。

泛彼浩劫

遠古渾茫，史實難稽，在文學上是屬於神話時代。

中國雖然沒有如希臘的荷馬史詩《伊里亞德》、《奧迪賽》，印度的《羅摩耶那》、《摩訶羅多》，希伯來的《舊約．創世紀》，或北歐的《尼布龍之歌》之類雄奇瑰麗的大風格史詩與神話，然而，這並不代表中國人拙於神話文學的表達方式。

事實上，詩經中的《商頌》與《周頌》，屈賦中的《天問》與《九歌》，都是結構鮮明、想像豐富的史詩型作品。更重要的是，在儒家的理性與入世精神成為中國文化的主流之後，像《山海經》、《穆天子

傳》之類中國人的神話想像，仍然透過無數民間口傳創作的藝人，而在民俗文學中匯流與沉積。尤其，佛教中的神話文學，在魏晉之後大量湧入中國，更激盪了中國人的文學心靈中的神異色彩。

於是，透過神話原型與民俗傳說，配合宋元以來的講史和演義傳統，後代文學之士試圖為早期中國歷史刻畫出一個史詩式的造型，便產生了如《封神演義》之類作品。從民族「集體潛意識」的角度來看，這是一種在想像文學上「尋根」的努力。正如一代才人王國維在其詠史詩中所指出：「回首西陲勢渺茫，東遷種族幾星霜？何當踏破雙芒屐，卻上崑崙望故鄉。」心靈上「尋根」的努力，促使歷史家深入考證中國遠古的文物與制度，也驅策著文學家盡情描摹中國遠古的帝王與英雄。

殷商的滅亡，姬周的崛起，以及周初的分封諸侯，是中國古代政治社會史上一件劃時代的大事，於是，在民俗文學的想像中，便也充

滿了波瀾壯闊的景觀。《尚書》武成篇與《史記》封禪書中的寥寥數語，到了元代居然可以鋪演為《武王伐紂書》之類的長篇平話作品，到了明代更蛻變成《封神演義》這部氣勢龐鉅的歷史奇幻小說，古意盎然，驚心動魄，或許，正反映了中國民俗文學的一大傾向，即是：試圖對於自己民族的起源、演變，與滄桑，給予一個在想像中可加以「合理化」解釋的文學造型。

紂王暴戾無道，所以火焚而亡；妲己殘忍狐媚，終於以身而殉，從現代人的觀點看來，難免有「泛道德主義」之嫌。然而，哪吒剔肉析骨，以償父母恩情，白藕青蓮，重還己身自由，這種在神話中典型的「叛逆英雄」形象，卻指述了中國文學在另一方向上的憧憬：嚮往精神上絕對自由。而哪吒終於與父母修好；退隱垂釣、絕意世事的賢臣姜子牙，終於加入武王伐紂的陣營，則充分體現了中國終極的「和諧」觀念。不服正統體制的截教通天教主，統率旁門左道之士，與

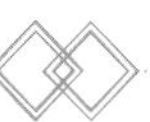

代表正統三教的闡教諸仙，殊死決勝，血流標杵，最後卻以子牙歸國封神、武王分封列國收尾，將正邪人神之死，悉數委之於「劫數」，而不忍更作追懲。也隱約反映了中國後代子民，對犯有過失的先人，仍不無基於「和諧」理想而生的恕道與善意。

這一幕幕縱想像的神話式歷史場景，若以司空圖《詩品》中的句子來表述，正是：「畸人乘真，手把芙蓉，泛彼浩劫，窅然空蹤。」

【一】

一開始，文學就以
皎若霜雪之姿卓立於
太初生民的玄想間。
從原始的無盡荒寒，

到文明的無限擾攘，
從現代的漠漠紅塵，
到末世的莽莽風沙；
這種姿勢，迢遙而永恆。

【二】

古典是易逝的。
多少美人的翠袖，
空自隔著前代的煙霧招展，
多少英雄的白髮，
早已在歷史的寂寞中擱置；
詩人的袍角，酒客的金樽，歌者的嘆息……。

只有文學，像玉石上千百年來
緩緩凝成的紋理，
絲絲縷縷，把這些記錄下來，供你閱讀。

【三】

不必觀天象，
你的指掌自能屈算人事。
若有酒，何不空杯。
若有驛車，何不共由遊？
人生動如狡兔，靜如處子，
一旦揚鑣分道，
若要相見，須問參商。

【四】

明月引潮生，綿綿蕩蕩，
在萬般夢境裏翻湧。
潮來期去，煞像是心情的起伏，
挑動無名的一根琴絃。
潮漲時如水晶屏風瑩然剔透，
潮落時如花如霧煙籠蒼茫，
此情此景，此生此世，
俱在原始渾沌的韻律當中。

明月前身

在列國混戰的時代裏，往往會雄才輩出，各逞奇謀。這在中外歷史的記載中，都是屢見不鮮的現象。或許，戰爭激發了勇武人物生命中的某些潛能，使他們能夠揮霍出流星一般閃亮的光芒，火焰一般灼熱的活力。然而，真正主導了列國混戰大局的，其實不是熱血沸騰的戰場武士，而是沉著冷靜的軍事家。

由於遠古時代，缺乏信而可徵的戰場紀錄，所以，軍事家的實際表現，經常在人們的想像中，有意無意的趨於渲染和誇張。所以，幾乎古代各個主要的民族，都產生了有關軍事家的傳說和臆測。這些傳

說和臆測，經過一代又一代的口述流傳，就形成了民族英雄傳奇的組合成分之一。許多神話式的穿鑿與附會，便由此而生。

戰國時代有關軍事家孫臏的傳說，正是典型的例證之一。孫臏與龐涓的鬥智，直接關涉到戰國時代齊魏爭鬥的勝負，間接也促成了後來秦國獨盛的局面。當時的中原五雄：燕、韓、趙、魏、齊，都捲入在這兩個出於同一師門的兵法家互相抗爭的漩渦之中，其影響不可謂不夠深鉅。

然而，後代的民俗文學作品，將孫龐鬥智想像為飛天遁地般的「超人」大戰，甚至羼入了鬼谷仙法、八門遁術、呼風喚雨、剪草為馬之類匪夷所思的幻術，便不能不歸因於依附在英雄傳奇之上的、神話式的穿鑿與附會，在民俗文學作家的心靈世界中，產生了過分強烈的影響。這些穿鑿與附會，一方面增加了民俗文學的傳奇色彩，當然，另一方面，也多少混淆了文學的想像與歷史的真相。

其實，從軍事史的觀點來看，孫臏的確是決定戰國中期諸雄對峙局面的關鍵人物。他與龐涓同學兵法，因才華超卓而為先居高位的龐涓所忌，竟至遭到刖足的酷刑，大抵也是事實。孫臏以他堅毅的復仇意志與嫻熟的軍事學養，於逃亡之後，崛起齊國，執掌兵權，擊敗強魏，擒殺龐涓，是一個典型的「英雄復仇」故事，與巴比倫史詩英雄吉爾加美西的事蹟相似。這在《史記》、《戰國策》、《漢書》等史籍中均略有記載，於是，他會成為神話想像所附會的人物，並不是沒有道理的。因為，同屬「英雄復仇」的類型，吉爾加美西的傳奇，遠較附會在孫臏身上的傳說，更為誇張與炫耀。

一九七二年，《孫臏兵法》與《孫子兵法》同在山東臨沂的銀雀山出土，證明孫臏與孫武並非一人，孫臏是繼孫武之後，發展中國戰爭思想特色的大兵法家與大軍事家，他不僅講戰術，而且還深論戰略的「大道」，充分顯示他是一個思想境界相當高明的才智之士。

或許，民俗文學作品中描寫孫臏擒伏強敵，了卻恩仇之後，飄然遠遁於雲深不知處，恰好巧妙地符應了他的思想境界。而以《詩品》中的句子來表述，正是：「載瞻星辰，載歌幽人，流水今日，明月前身！」

當一切均已沈睡，誰是堅持的醒者？
黑夜裏的一盞燈，
將人投影在寂天寞地裏，
而悲喜千般倏歸幻渺，
紅塵已被遺志。
在創造中，天需地火，
而腐朽的終必更新，更將記取今生。

返虛入渾

真實的歷史，有的時候，比任何曲折離奇的文學想像，還要出人意料；比任何高潮迭起的戲劇演出，還要動人心魄，歷史上所有英雄復國的實蹟，大抵都深具這種出人意料與動人心魄的魅力。

或許，這正可以解釋：為什麼在古今中外的文學作品中，英雄復國的故事，都是最受文學家歡迎的題材之一？或許，這也正可以解釋：為什麼雄才大略之士，如當年隻手奠定德意志統一大業、並且主控了整個西方政局的「鐵血宰相」俾士麥，會對歷史有如下奇特的評論：「歷史只不過是寫滿了字跡的紙張而已，重要的仍是去創造歷

史，而不是去撰寫它。」

在現代工業化的民主社會裏，如浪漫思想家卡萊爾（Carlyle）之輩所鼓吹的「英雄史觀」，當然早已乏人認同。然而，在浪漫化的文學世界裏，古代英雄「以一人而敵一國」，在千鈞一髮之中，挽狂瀾於既倒、拯民族於垂亡的英風壯舉，卻仍然不斷以各種現代化的變貌，出現於讀者眼前，成為歷久彌新的文學類型。因此，中國民俗文學中的歷史演義作品，經常喜歡突出描繪英雄復國的史蹟，也就不足為奇了。

春秋戰國時代是中國古代的第一波英雄時代，豪傑人物，風起雲湧，充滿了俾士麥所謂「創造歷史」的氣慨與雄心。在這樣的時代背景下，田單復齊的故事，正構成了後代民俗文學中英雄復國的典型範例。

雖然，孫臏助齊敗魏，田單破燕復齊，從戰國時代整個政治與社會變遷的觀點看來，都不能算是主導歷史演進的大事，但從局部軍事

史的觀點看來，卻自有其影響深遠的啟示意義。而與孫臏的「英雄復仇」事蹟相形之下，田單的「英雄復國」壯舉，在層次上顯然更要高出一疇。

齊燕兩國的興衰消長，的確與主政者是否能夠進用及信任才智秀異的賢豪之士有關。燕昭王禮賢下士，而招徠樂毅、劇辛等第一流人物，所以能夠盛極一時，齊湣王耽於逸樂，有人才而不能用，所以不免喪師辱國。然而，這段歷史出人意料與動人心魄的地方，卻在於：像田單這樣真正樸實無華的英雄人物，平時自甘淡泊，到了國家瀕危的時刻，卻能夠崛起於敗軍之中，受命於危難之間，堅守莒城與即墨，屹立不移，矢志不撓，卒致以兩座孤城扭轉戰局，克復齊國七十餘城。若不是田單表現出非常人所能想像的堅忍鎮靜，英銳犀利，如何可能創造這樣的歷史奇蹟？

火牛陣的奇謀，經由民俗文學的渲染，容或有誇張之處；齊燕長

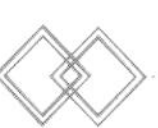

期在戰爭中互相消耗，也終於造成兩敗俱傷的結果，而有利於秦國的獨霸與兼併。田單復國之後不久，如蘇秦、張儀這類的縱橫家開始活躍於當時的政治舞台，象徵著軍事英雄時代的消逝。然而，至少在中國民俗文學的世界裏，田單是不朽的英雄偶像，他代表了真正堅定而成熟的英雄精神。正有如：「大用外腓，真體內充，返虛入渾，積健為雄。」

在積雪的山崖，迎著黑夜的森鬱，
對月冷冷雄視，突然吼了一聲，
雪塵紛紛落下。
只要是空山夜，只要是月明時，
人的心頭總是有驚魂的悸動。

文學是：萬籟俱寂時，想像裏的一聲虎嘯。

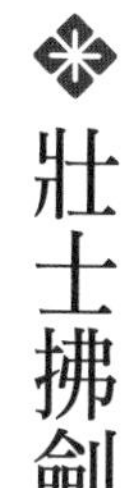

壯士拂劍

經過春秋戰國的長期混亂，「大一統」似乎已成為人們普遍的心理需求。

但以殘暴手段統一列國的秦朝，卻不具備維持「大一統」於不墜的必要條件。著名的賈誼「過秦論」指稱秦始皇在兼併列國之後，「以六合為家，郩函為宮；一夫作難而七廟墮，身死人手，為天下笑，何也？仁義不施，而攻守之勢異也。」從長遠歷史的角度來看，是相當正確的觀點與評估。

鄉野民間質樸善良的人民，對於猛厲嚴峻的暴君，一向不懷好

感。所以，中國民俗文學中的秦始皇形象，正如西方民俗文學中羅馬暴君尼祿的形象一樣，反射出猙獰黝黯的魅影。雖然，在中國政治與社會的演進中，秦始皇完成了將域內各地「車同軌，書同文，行同倫」的階段性使命，而修築萬里長城以防禦北方游牧民族入侵，也有其歷史上的意義，然而，焚書坑儒的酷烈鎮壓，不恤民命的橫徵暴斂，畢竟註定了他在後代人們心目中的負面地位。誠如李白的「古風」所惋惜的：身世離奇的嬴政，確有「秦王掃六合，虎視何雄哉？揮劍決浮雲，諸侯盡西來。」的才略。可是，如孟姜女哭倒萬里長城之類譴責暴君的民族文學傳說，卻是超越於歷史功過之上的「文學的真實」。

「文學的真實」迅速逼近了歷史的真實。秦始皇在世之日，豪傑亡秦的形勢，已在暗潮洶湧，「一擊車中膽氣豪，祖龍社稷已驚搖，如何十二金人外，猶有人間鐵未銷？」張良在博浪沙設計的驚天一擊，絕非偶然。秦始皇甫告死亡，立即發生沙丘政變，宦官趙高弄

權，挾秦二世以號令天下，接著便是陳勝、吳廣揭竿起義，六國遺民雲湧抗秦，自以為可以「傳至萬世」的秦皇朝，不旋踵間即告灰飛煙滅。「楚人一炬，可憐焦土」，集豪奢壯麗之大成的阿房宮焚為廢墟，正業極具象徵意義的歷史反諷。

專制高壓過後，又是短暫的浪漫英雄時代。狂飆突起的項羽，代表了放曠與溫柔結合的楚文化精神，可算是中國歷史上第一個扣人心弦的浪漫英雄。司馬遷在《史記．項羽本記》中對他作了近乎同情的描寫與刻畫，庾信「哀江南賦」中說他「用江東之子弟，人唯八千，遂乃分裂山河，宰割天下」，對浪漫英雄與狂飆生命的嚮往，也溢於言外。鴻門之宴、鴻溝之約、虞姬之戀、垓下之歌，一連串高潮迭起的表現，在楚漢相爭的過程中，項羽的光彩與熱力，其實遠遠壓過了城府深沉的劉邦。

然而，浪漫英雄往往有他致命的性格缺陷，此所以在中外文學作

品中，浪漫英雄也往往即是悲劇英雄。在民間望治心切的背景下，個人英雄主義畢竟不可能持久，而粗豪的格調與野酷的作風，也註定了項羽的失敗命運。於是，「贏得美人心肯死，項王此處是英雄」，蓋世的勇武終於成為絕響。在烏江畔，以「無面目見江東父老」而拒絕了亭長的渡舟，並灑脫地將頭顱贈送給故人呂馬童，項羽完成了他最後的浪漫姿式，走進了中國文學的世界，走進了千古以來，人們不斷以矛盾而激越的心情，反覆吟誦的篇章之中。

至於天下，當然是屬於表面上狂倨不羈、實際上城府深沉的劉邦。正是：「**壯士拂劍，浩然彌哀，蕭蕭落葉，漏雨蒼苔。**」

楚之武者……自刎於烏江

有時候戀愛是一種甜美的自刎。

自己完成了自己，才發現是悲傷
明天騎蒙古的駿馬
後天風雲在西藏
當妳的幽魂水一般抹在庭院
霸業雄圖都只是兒戲一場

浪莽之葉

水理漩伏

從漢高祖削平群雄、統一天下，繼而即位稱尊、制訂朝儀之後，中國歷代王朝的興盛與危機，便開始有了相當固定的模式可循。史學家關心的是這個典型王朝的政治制度、法律形態、社會結構、經濟基礎，乃至學術思想，然而，文學家卻往往對這個盛極一時的王朝之中，許多精英人物的行為趨向與心理特徵，感到更大的興趣。

至少，在民俗文學的質樸天地裏，像「鳥盡弓藏，兔死狗烹」之類的涼薄心態，總是人文情操所難以坦率承受的事理，所以，漢高祖殘殺功臣所表現的雄猜心理，便常成為諷刺的對象。而遭到不公平的

悲慘命運，如淮陰侯韓信這樣的人物，便成為民俗文學中普遍同情與揄揚的偶像。或許，這也反映了在專制高壓之下，命運悲苦的平民大眾，在「潛意識」中對當權人物的反感，以及對與自己一樣遭際坎坷的受難人物的認同。在現實上，這種微弱的反感與認同，發生不了任何作用，可是在文學上，卻形成了中國處理歷史題材的作品傳統裏，一股強韌有力的主流。

漢初三傑之中，韓信功高受戮，張良潔身遠逸，蕭何謹慎全身，大致可以代表知識分子在中國專制王朝時代，三種典型的遭際或出路。但三傑的貢獻，卻為大漢帝國奠下了深固的基礎，所以高祖逝世後，雖有諸呂之禍，兇悍的呂后甚至將高祖的愛妾戚夫人斬手剜目，剁為「人彘」，其狠戾殘酷的毒行，可謂曠古所無，但也只是帝王宮室中的慘劇，無礙於專制王朝的壯大。經過善用黃老權術的文景之治，進入漢武帝時代，大漢帝國的聲威，達到了空前的高峰。

「輕騎今朝絕大漢，樓船明日下牂牁」，武帝北擊匈奴、南征百越的開彊拓土之功，固然震爍古今；更重要的是，漢武帝時代，中國在政治、軍事、外交、財經、文學等各方面的人才之盛，也屬冠絕一時。然而，也正是在漢朝聲威趨於鼎盛的年代裏，卻因小人弄權，而致「飛將軍」李廣自剄於絕域，其子李陵陷身於漠北，父子英雄，或死或叛，連帶使大史學家司馬遷慘遭腐刑的悲劇。後代詩人與文學家對李氏父子的同情，對史遷噩運的悲慨，其實，也可視為對武帝「盛德」或帝國「聲威」的一種間接批判。

武帝晚年濫誅大臣，迷信巫蠱，已預示了漢朝盛極而衰的前兆。若不是霍光、金日磾等卓特之士臨危受命，匡扶幼主，漢室江山幾乎傾覆。而自漢宣帝以降，雖然憑恃王室既有的基礎，猶能一再紓解內外的危機，然而，大漢帝國畢竟逐漸走向沒落。漢元帝在強敵入寇的壓力下，被迫將王昭君遣嫁於匈奴單于呼韓邪，「一去紫台連朔

漠，獨留青塚向黃昏」，詩聖杜甫的名句，其實正是一種敏銳的文學洞察，反照了漢室與匈奴今昔異勢的局面。等到王莽篡位、太后投璽的權力轉移場面出現時，中國第一個巍然聳峙的統一帝國，也就走完了它命定的歷史途程。這種興亡過程，軌跡瞭然，或許，正如《詩品》的句子所言：「**水理漩伏，鵬鳥翱翔，道不自器，與之圓方。**」

【一】

彷彿站在遙遠的近處，
隔過一條河，河水盪漾
在那畫裏，水裏，鏡裏
千古也笑成了萬古
如果知道那江湖碎了

而走過的偏偏又是那江湖倦客
他會怎麼笑？他會怎麼哭？
怎麼樣的慟哭，才能安慰那想念？
而江上唯一的舟子沉了

【二】

崑崙太遠。看那是殘日下
落霞裏死守的兵將
烽火台上最後的自焚
一股狼煙沖天庭
江水天天唱那壯烈的歌
易水仍寒，煙水仍冷

你行舟何處？

【三】

因為大江來去，落日西盡
梧桐一夜碧落，妳我還活著
怎能不極登金頂，上閣樓
浩浩蕩蕩的迫出第一意氣
絕世的音容？
我們相守在年少
相忘於江湖。不見於
天地之悠悠。

華頂之雲

王莽潛移漢鼎，劉秀規復祖業，是中國歷史上第一次出現王朝已告滅亡後，卻又能迅速重建的事例，所以，特別受到後代史學家的重視。

光武中興，所憑恃的主要是知識分子與貴族豪俊的結合力量。由於劉秀本人豁達磊落，崇尚氣節。不但能與部下諸將共甘苦，甚且也與有功諸臣共富貴，著名的「雲台二十八將」，「凌煙閣三十二功臣」，幾乎個個能得善終。於是，自古以來，知識分子對光武帝一生事蹟的評價極高，連通常鄙視帝王權力的民俗文學家們，也都對他深

具好感。事實上，他是古時帝王之中，極少數受到後代文人普遍肯定的一位。

光武出身於國子監太學生，尚未登龍之前，畢生最大的志願不過是：「做官當做執金吾，娶妻當娶陰麗華」，而執金吾其實只是戍衛京都的中級將領。陰麗華也只是一位明朗活潑的鄰家少女而已，可見他不但頗具浪漫情懷，連政治野心也不強烈。正因為光武這種平易近人的性格，所以當王莽亂政，天下沸騰，各地反莽勢力蜂擁而起之時，他原來雖只是綠林軍中的一枝偏師，卻能夠吸引真正的豪傑之士，望風來歸。

反莽勢力中的綠林、赤眉、銅馬三個集團，均有逐鹿中原的資格與實力，但劉秀指揮的昆陽之戰，竟以不足一萬的雜湊人馬，擊敗王莽主力四十餘萬正規部隊，徹底瓦解了新莽王朝的軍事部署，卻是古今戰史上的一大奇蹟。而這個奇蹟，主要是由劉秀的摯友，罕見的智

者嚴光所策畫和締造的，可見嚴光對劉秀一生事業的幫助之大。

然而，當光武逐漸於群雄並峙中脫穎而出，創立帝業已是指顧間事的時候，嚴光卻飄然而去，不受封賞，終光武之世，垂釣於富春江上，以平民身分與皇帝朋友相友，而光武也一直以畏友視之。縱看中國的歷史，智者與權者的結合，以這兩人的事蹟最為完美。

光武中興之後，漢室氣象一新，對內有振興農業，修明政風的「明章之治」，對外則班超揚威於西域，竇憲勒石於燕然，文治武功，均駸駸然有直薄西漢武帝極盛時期之勢。然而，承平日久，專制王朝所不可避免的天然缺陷，便一一浮現。

始則宮闈穢亂，帝權旁落；繼而宦官弄權，外戚干政；接連兩次「黨錮」事件，更將光武遺澤與儒學傳統所培養出來的氣節之士，摧毀殆盡。等到災疫流行，黃巾起事，已經被長期政爭蛀蝕一空的朝廷，頓時陷入風雨飄搖的窘境。當黃巾敗亡之際，權奸董卓已提兵入

關，東漢王朝也就走到了它的終結點。

與西漢相比之下，光武帝所締建的東漢，對於知識分子較為尊重，對於平民大眾也較有恩義，所以，在民間傳說之中，東漢的形象也就較為溫柔和親切。而這溫柔和親切，追源溯本，頗得力於高士嚴光對皇帝劉秀的潛在影響。所以，嚴光是東漢最值得懷念的人物，其人其事，正是：「落落欲往，矯矯不群，縱山之鶴，華頂之雲。」

【一】

永恆的煉火裏，坐著沉思，並且微笑。
一切生命的考驗，都成為
增加力量的燃料，且更能熊熊燃燒。
火焰無法掩沒我們不滅的笑容，

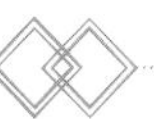

煙燼無法覆蓋不老的聲音。
在一切都焚燬之後，從遙遠地層，
靈魂的回憶如鬚芽，
重新尋找第一絲微光。

【二】

是疲乏的馬嗎?曾在千軍萬馬裏
獨自衝鋒陷陣的一匹
下江南，笑冀北，震南東
又從陝西傲笑到中原
你的一生像一柄桃花扇
扇面玲瓏，除卻水墨

水墨呢？……

【三】

常常意興飛越時，騎一匹馬來江湖看看，
常常捉住一位刀客，訴說那山上多麼寂寞
他抬一抬頭，冷冷看一看我
突然對我一笑
迎臉一把刀
用電的速度雷的驚愕向我刺來

【四】

折戟沉沙，鐵猶未銷，

想前朝群雄爭霸，競吹逐鹿之賦，

一堆堆骸骨淒映斜陽。

甲骨埋田，拓清細辨，

思遠古草萊初闢，

凝結多少智慧，一代代傳承經驗相啟。

文學，使塵封在時間中的陳跡，

再成為活生生的戲劇。

風雲變態

「三方並帝古未有，兩賢相厄我所聞，何來灑落樽前語，天下英雄惟使君。」王國維的詠史詩，將三國時代的矛盾特色，表述得維妙維肖：一方面，這是一個政權鼎立、生死相爭的風雲時代；另一方面，卻又透顯出英雄豪傑惺惺相惜的浪漫情調。而對於這種矛盾特色的鋪陳與刻畫，正是民俗文學作品出色當行的功能之一，這或許可以說明：何以《三國演義》的情節遠較正史《三國志》的記載更為深入人心。當然，這也是因為有關三國的故事，長期來普遍傳述於民間，宋元時講史與說書的藝文，尤多喜歡從活生生的民俗傳說中取材和變

造，「三國」累積了豐碩的民俗想像，所以能夠妙趣橫生，當然，正因如此，在一定的程度上，也就誇張和扭曲了歷史的真貌。

鼎足三分的發展，事實上在劉玄德三上臥龍崗、諸葛亮提出隆中對的時刻，即已大體註定。當時，雖然顧盼自雄的曹操，已在官渡之戰中發揮軍事天才，以寡擊眾，淘汰了「四世三公」的實力人物袁紹；而孫權在孫堅、孫策父兄英雄的基礎上，據有江東，已歷三世，但諸葛亮卻為將寡兵微的劉備，指出了西入巴蜀、東扼荊州的可進可退之道，使心懷仁厚的劉備，也能夠在這天下洶然的英雄時代，開創出屬於自己的一分基業。若不是後來大將關羽急於北伐中原，放棄了外聯東吳的決策，孤軍深入，腹背受擊，以至猝然敗亡，魏、蜀、吳三強長期勝負消長，恐猶在未定之天。

官渡之戰是曹操建立霸業的關鍵，赤壁之戰卻是決定三國鼎立的關鍵。當曹操率八十三萬水陸雄師，浩浩蕩蕩順流東下，釃酒臨

江、橫塑賦詩的時刻，「固一世之雄也」。雖然，後代詩人杜牧慧黠地指出：「東風不與周郎便，銅雀春深鎖二喬」，認為孫、劉聯兵贏得此戰，頗有幸運的成分在內，然而，事先智慮縝密的部署與破釜沉舟的意志，顯然也是不可低估的因素。蘇東坡在傳誦千古的「念奴嬌」詞中稱讚周瑜「談笑間，強虜灰飛煙滅」，並不盡然是溢美之詞，也連帶指出了英雄時代的浪漫特色。

其實，劉備為了結義之情，不惜兩敗俱亡，大興問罪之師，東向為關羽復仇，死生之情，感人極深，也不失為一種浪漫情懷的表現，與歷史上城府深沉的權力人物，迥然不同。白帝城託孤一幕，君臣兩人肝膽相照，均留下嶔崎磊落的風範，嗣後諸葛亮，知其不可為而為之，六出祁山，九伐中原，鞠躬盡瘁，死而後已，也正是為了報答這一番肝膽相照的知遇之情。

從民俗文學的觀點來看，三國時代是中國歷史上第二波浪漫英雄

時代。雖然，到頭來折戟沉沙，巨星殞落，野心勃勃的權術人物司馬炎，統一了天下，魏、蜀、吳三家的霸業雄圖，俱成畫餅，然而，那些浪漫英雄撼天動地的傳奇事蹟，卻展現了迷人的魅力，永遠吸引著後人的緬懷和憑弔。正是：「風雲變態，花草精神，海之波瀾，山之嶙峋。」

【一】

歷史的實蹟與文學的成就之間，
有時卻顯現著出人意料的牴觸與對蹠，例如，
在文學的世界裏，曹操就比較可愛得多了，
他那些蒼涼悲壯、沉雄鬱勃的詩篇，
實在不愧是建安文學的冠冕，

尤其是那首著名的四言古詩「短歌行」，
直抒胸臆，脫口而出，灑落有致，回味無窮。

【二】

在鬱悶沉寂的夏日夜空，
一顆亮麗的流星倏然劃過黝黑的天幕，
常會給人們帶來一霎時莫名的激奮，
彷彿那一閃輝煌晶亮的光芒，觸動了
人們心中久已埋藏的某種秘密情愫似的
在歷史的夜空中，偶然出現
一些特立獨行、任俠仗義的英雄人物，
帶給人們的感受也大抵相同。

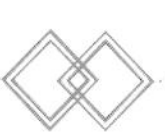

【三】

從曚昧邃遠的往古，到幽邈迢遙的未來，
時間的長流，一逕從容不迫地
在歷史的進程裏，在人們的心靈中
向前淌去、淌去。這其間，
掩埋了多少的滄桑遺恨、積憤沉哀，
掩埋了多少的癡情兒女、風月情懷，
掩埋了多少的宏動偉烈、霸業王圖，
也掩埋了多少的英雄壯士、劍客奇才？

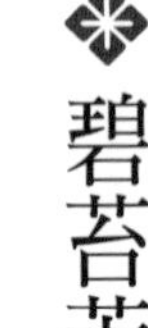

碧苔芳暉

「燕子來時春雪消，幾家留得舊窩巢？風流王謝無蹤跡，剩水殘山似六朝。」晉武帝司馬炎雖承襲曹丕篡漢的故智，在勢力坐大之後，便公開篡奪了魏室的江山，因果循環，使曹操留下的霸業王圖傾於一旦。並且因時乘勢，大動三軍，鄧艾偏師渡陰平，王濬樓船下益州，結束了三國鼎立的局面。

然而，在史學家看來，司馬氏「得國不正」；在文學家眼中，西晉王朝的酷暴荒淫，也正是迫使稽康、山濤等竹林七賢及魏晉著名文人，群向步趨於清談避禍、放浪形骸的巨大陰影。

西晉皇族之間劇烈傾軋，所造成的「八王之亂」，動搖了司馬氏在中原的統治基礎。洛陽、長安等古都名城悉遭破壞，數十萬人民流離失所，於是，本已遷居於長城之內的北方游牧民族，伺機崛起，大舉攻略，五胡亂華的鉅劫奇災，終於傾覆了西晉王朝。懷帝被俘，愍帝投降，胡騎隨時可能南下牧馬。

自東漢後期以來，中國西北邊疆民族大量向長城以內及黃河流域遷徙，並與當地住民混居交往，已發展出一種農牧混合的經濟型態。漢末黃巾起事，朝廷大量借用傭兵，使長城內外的游牧民族得以介入中原的戰事。從曹操掌權到八王之亂，事實上中國境內的每一次戰爭，都動用到胡族傭兵的力量。因此，一旦中原統治集團本身失去了駕馭全局的能耐，傭兵反客為主，幾乎是必然之勢。實力最大的五族，計共建立了十六個國家之多，雖然旋起旋滅，但也都稱雄一時。在西羅馬帝國後期的歷史上，也發生過幾乎完全相同的事例，可謂相

映成趣。

西晉滅亡之時，幸有瑯琊王司馬睿在長江流域都督揚州、江南的軍事。因之變後，得能以建康為中心，形成了一個政治上的新興集團，凝聚了渡江南下的中原士族和各方流民。但司馬睿成為東晉元帝以來，帝室與士族之間，士族與士族之間，以及士族與民眾之間的權力重整，成為朝廷最關心的政治問題。相形之下，北伐中原，無論就客觀形勢或主觀心理而言，都顯得遙遠而艱難。《世說新語》記載當時才士與名臣的慨歎：「風景不殊，舉目有河山之異！」已經充滿了無力之感。事實上，劉琨含恨去職，祖逖憂憤而死之後，中國南北長期分裂的局面，在晉人看來，反而是一種可慶幸的常態。

晉室東渡之初，撫楫流亡，休養生息，端賴才識卓絕的清流人物如王導、謝安之力，淝水一戰，謝安鎮定如恆，照常在府中與人下碁，竟使苻堅「投鞭斷流」的野心毀於一旦，是中國戰史上的又一次

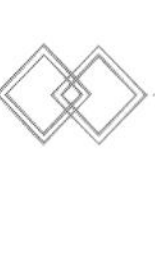

奇蹟，也透顯了所謂「晉人風流」的意趣。然而，不久之後，朱雀橋邊，烏衣巷口，王謝高門已發展成權勢赫赫的世家大族。偏安心態主導了東晉朝野的生活形態，劉鋸、祖逖等志士擊楫渡江的奮呼，再也引不起認真的回響。於是，在中原各地正遭受迅風迅雨一般的掃掠之時，江南佳麗的珠舞翠舞，逐漸將南朝歷史推入到秦淮河畔的六朝金粉之中。正是：「亂山高木，碧苔芳暉，誦之思之，其聲愈稀。」

【一】

水衣的蛾，深情的飛

淺淺的琉璃的溪

飄著嫣紅的落辮　懷念那深情的對望

沒有對話，只有星光

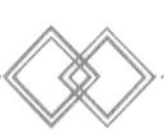

什麼劍都銹蝕
什麼人都在變
那陽關無人在唱
與城同存的人
都無所指望

【二】

看大漠風塵，千巖萬穴中的佛像群，
羅漢怒目、菩薩低眉；
不由憶起佛祖靈山會上說法，
獨迦葉尊者拈花微笑，而法印心傳。
多少神采風流，代代吟誦；

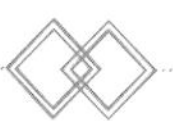

豈非文學，把偶然的神思遐想，化為傳奇。

【三】

鐘乳千年積凝，
土下接筍成巖柱的一瞬間；
多少春秋，眠火山忍住
內部的騷動，終於爆發的一剎那。
神窮碧落，思接風雷，
電光石火的想像裏，
完美的世界在胎盤中
孕育成形。

【四】

繁華落盡，更鼓漸歇，
只有落在紙上的筆，
一字字、一行行，
如鏡、如燈，照見自己的本來面目。
致虛守靜，無聲之聲，
沉於靜默中的莊嚴，
只有文學以真醇之心，
直探生命的根源。

南山峨峨

「蓋世功名野馬燄，掀天事業闉婆城，半張故紙留蹤跡，千古漁樵作話文。」在六朝金粉的溫柔陷阱裏，一連串篡弒相繼、禍亂相循的梟雄冒險事業，發生於春水碧波的江南土地上，令後人在緬懷江南史蹟之時，興起極不調和的零亂之感。

事實上，自從嚴密完整的大漢帝國走向沒落之後，中國境內到處充滿了烽煙與權謀。魏既篡漢，晉又篡魏，則晉室權臣桓玄依樣畫葫蘆，在手握重兵之後廢立晉帝，入據京師，也就不足為奇；而桓玄敗亡之後，宋、齊、梁、陳接踵而起，演出一幕幕循環互篡的政治鬧

劇，更不過是沿襲前代梟雄的既定模式而已。

從魏晉到南北朝，中國不但在政治形態方面，脫出了「大一統」王朝的穩定架構，而產生了割據擾攘、循環互篡的奇特景象；而且在經濟結構方面，也從大規模深耕密植的農業社會，逆退回塢堡林立、社區自足的莊園經濟形態。陶淵明著名的散文精品「桃花源記」的內容，從現代人的眼光看來，一方面固然反映了長期喪亂之後，人們在心理上，對於烏托邦式的世外桃源，具有無限神馳的憧憬，另一方面，卻也是一種美化了的寫實技法，反映了南北朝時代莊園與塢堡的部分實景。近代中國史學名家陳寅恪即曾考證：真實的桃花源在北方的弘農或上洛，而不在南方的武陵；且真實的桃花源居人先世所避之「秦」乃是苻秦，而非嬴秦。因此，「桃花源記」是將寓意與紀實結合變形之後的作品。

而無論寓言或紀實，「桃花源記」都恰好表達了那個時代中，感

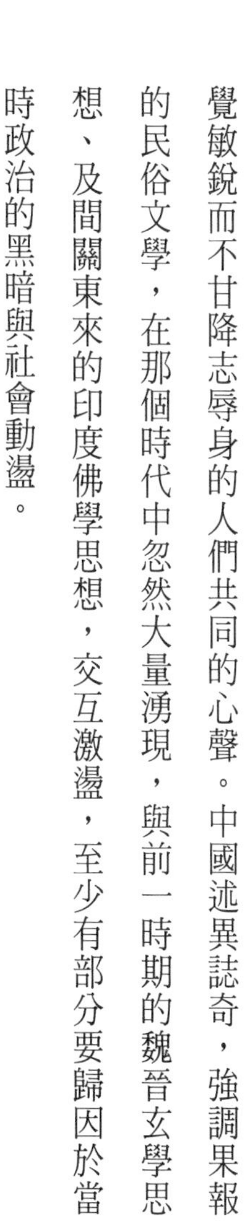

覺敏銳而不甘降志辱身的人們共同的心聲。中國述異誌奇，強調果報的民俗文學，在那個時代中忽然大量湧現，與前一時期的魏晉玄學思想、及間關東來的印度佛學思想，交互激盪，至少有部分要歸因於當時政治的黑暗與社會動盪。

長期的禍亂相循，以及普遍的心理疏離，似乎使得南北朝時代的梟雄冒險事業，反而成為一種歷史上的反諷，結果，不但南朝君臣在秦淮脂粉的長期倚偎下，逐漸趨於柔靡和文弱，連素以勇武雄豪見稱的北方游牧民族，在定居中原達三百年，文物制度均同化於漢人之後，也逐漸失去了原先的銳氣。在詩人李商隱的筆下，北齊亡國之際，君主纏綿多情的表現，與南朝陳後主寵愛張貴妃的情狀，全無二致：「一笑相傾國便亡，何勞荊棘始堪傷，小憐玉體橫陳夜，已報國師入晉陽。」

而當南北兩地的政治權力人物，紛紛沉醉於宴安逸樂的時候，中

國歷史已悄悄展開了新的一頁。出身於北周宇文氏世族的楊堅，雄才大略，摧枯拉朽，在貴戚爭權中脫穎而出，短期之內，即廢周滅陳，而結束了南北朝分裂的局面，建立了他的隋王朝。

對於久經離亂的中原與江南而言，長期的南北分裂與帝王爭霸，實在猶如一場歷史的夢魘，唯有在樽前酒後的漁樵閒話之中，逐漸淡忘其中的痛苦，正是：「**倒酒既盡，杖藜行過，郭不有古，南山峨峨。**」

【一】

多少個巍峨聳立威霸四方的帝國，
如今早已化為灰燼；
多少次血淚交迸撼山震野的吶喊，

如今早已黯然消沉；
多少項風靡一世席捲萬眾的思潮，
如今早已蹤影全無，
多少位驚才絕艷錦心繡口的才人，
如今早已身名俱裂？

【二】

每個夜晚總有些美麗的時刻，
淒落得像什麼似的；在黃昏裏
我們曾經歌過、哭過
從風雨裏走過
各自看一壁熊熊的烽火

把黃昏燒成一幅憔悴的破落
每個黃昏裏總有些偉大的時刻

【三】

我就說從典麗寫到荒漠
已完成了一頁橫空的青史
西藏只是悲哀的地點
彷彿西出陽關無故人那般
的寒涼。冷月當空
總是有些
胡笳蕭索。

【四】

這就是昔日，多花多蔭
多英雄，多豪傑，閨閣中巾幗如畫
千山萬水，昔日的江南？
雨霏霏下不停不止……
江南是沉寂的一帙古冊
也算是懷念江南
也到了無以自拔的時候了

綺麗之葉

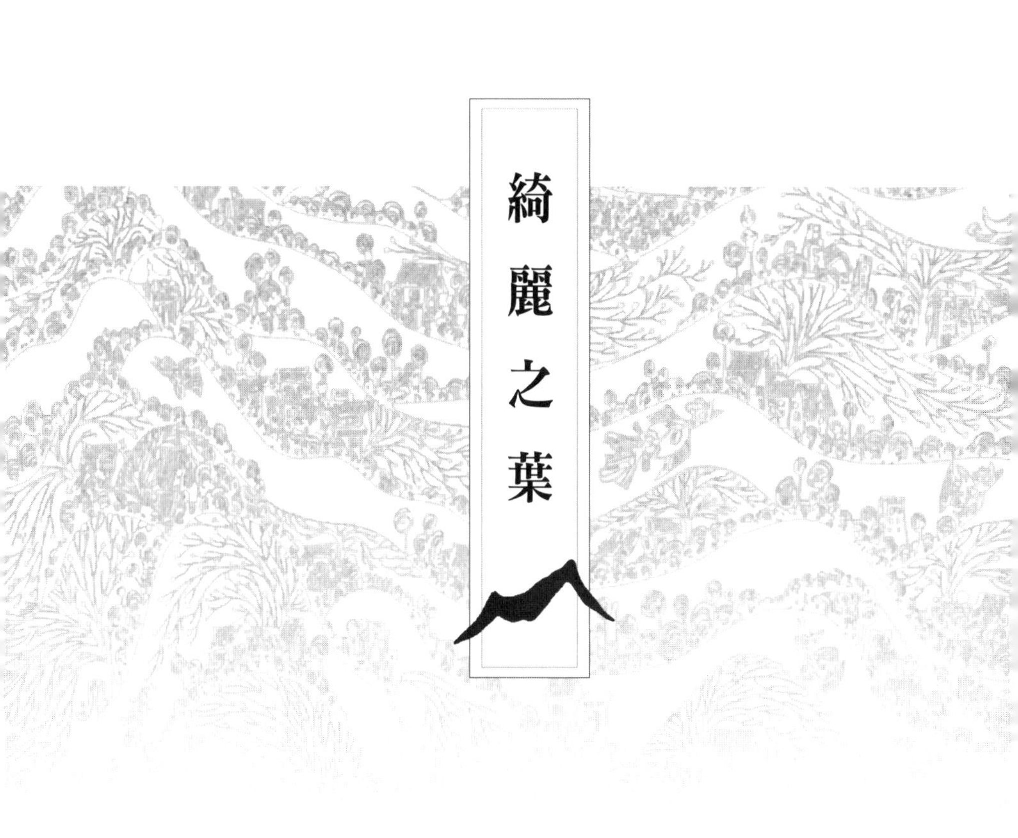

明漪絕底

「江南天子皆詞客，河北諸王盡將才，乍歌樂府蘭陵曲，又見湘東玉軸灰。」雄鷙勁健的隋文帝楊堅崛起北方之後，北周世族中的軍事人才，齊歸麾下，席捲江南，不過是意料中事。長達兩百七十餘年的南北分裂之局，復歸統一，中國又走回傳統社會結構內，王朝興衰更迭，而基本型態不變的穩定格局。

在世界歷史的比較研究上，中國的隋唐兩朝，竟能於秦漢大一統王朝完全崩潰，整個社會已返歸莊園經濟的小型自足單元之後，再創集權王朝的高峰，使中國文化進入了第二個循環周期，實在可算

是一件戛戛獨絕的奇蹟，事實上，除了中國之外，舉世所有的文明古國，都曾經歷過從列國分據到一統帝國的階段，如印度的孔雀王朝、西方的羅馬帝國、埃及的「新帝國」、巴比倫的加爾底亞王朝、回教界的阿拉伯大食帝國、土耳其的鄂圖曼帝國，但這些一統國崩潰之後，卻從未有過重建成功的事例，如中國的隋唐盛世。這種世界史上獨一無二的「兩周期」現象，說明了隋唐歷史的特殊地位。

正由於隋唐盛世是如同神話中鳳凰浴火再生一般的奇景，所以，在中國的民俗傳說中，有關隋唐史事的遺聞與軼事，便特別豐富。而從《隋史遺文》到《煬帝艷史》，從《說唐全傳》到《月唐演義》，中國的民俗講史文學，對有關隋唐的題材也特別鍾愛，尤以綜述兩朝野史情節的《隋唐演義》，在民間社會中最為風行。

但恰如秦朝的短暫統一，只是為後來的大漢帝國舖路，隋朝的混一宇內，也只是為繼起的唐代盛世揭開序幕。隋煬帝楊廣毫無秦始皇

的才略，但殘忍暴虐，淫佚奢靡，卻遠遠有過之而無不及。開鑿貫通南北的大運河，容或有經濟上的必要；但役使拉縴苦力八萬餘人，拴命挽拉他臨幸江南的龍舟，而他與後宮佳麗卻在龍舟中公然嬉戲，卻突出了他不卹民命的暴君性格。巡遊部隊所過之地，五百里內的人民都須獻食奉女，無數人家因而傾家蕩產。所以，到隋煬帝遣師遠征遼東，因士卒厭戰，無功而返之後，連一向與他沆瀣一氣的權臣楊素，都看出隋朝天下已經危在旦夕。

隋末群雄起義，聲勢一如野火燎原，絲毫不在當年豪傑亡秦的怒潮之下。民間普遍推崇的「瓦崗寨十八好漢」，即是起義群雄中最具代表性的人物。野火燎原之後，隋滅唐興，其間無數英雄美人的傳奇，風塵豪俠的異行，便成為長遠流佈於鄉野民間或故老傳聞中的原始素材，等待後代的民俗文學家逐漸吸納和創作。

從晉陽起兵直到開元盛世，中國歷史環繞著大唐皇室的恩怨

起伏，而展現了輝煌絢爛的高潮疊景。這其間，卓特人物與風雲事業，一時層出不窮，蔚為奇觀，正是：「欲返不盡，相期與來，明漪絕底，奇花初胎。」

【一】

在落花聲裏，想念起
隋唐遊女的春衫澹澹；
在暮雪時節，想念起
燕趙豪俠的長歌冷冷。
文學，是一頁又一頁的想念，
隔著遙遠的世代。

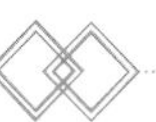

【二】

清清淺淺的黃昏，
濃濃淡淡的啼鵑，
深深密密的簾櫳，
文學，醞釀多少春天的典故，
在古老的天涯。

【三】

想像那不應考
而騎駿馬上京的一介寒生
秋水成劍，生平最樂

無數知音可刎頸
紅顏能為長劍而琴斷
有女拂袖。有女明月。有女答客
沏茶還是茗酒
可以飄行千里
而正有遠遠的路要走……

【四】

看妳展顏一笑，像水裏的容貌
傾倒多少風流的過客
雁子匆匆飛過，黃昏暮天闊
漣漪浙漸更換

而你自己，舞過了風舞過了雨
舞到最後，也舞過了寂寞
你像一隻雁慢慢降落
像傾倒漣漪一般地
向湖心降落……

【五】

江州司馬青衫濕，
淚濕的豈僅是白居易；
千載以下，悠悠長空，
有情莫不共聲悲泣。
出門一笑大江橫，狂笑的

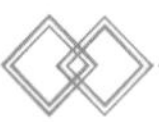

又豈僅是黃庭堅；
幾度春秋，渺渺太虛，
有情也莫不歡愉而歌。
痛苦與狂歡，這生命的二重奏；
只有文學
寫盡人生的激情。

妙造自然

「晉陽蜿蜒起飛龍，北面傾心事犬戎，親出渭橋擒頡利，文皇端不愧英雄！」縱看中國歷史上的雄主明君，唐太宗李世民的確是一個矯矯不群的卓特人物。事實上，倘若不是李世民胸懷異志，默察天下大勢，斷定隋朝必亡，進而結交天下英豪，形成新興力量，迫使父親作出抉擇，留守太原而素性優柔的李淵，是否會加入角逐隋室江山的行列，猶未可知，更不消說會成為開創久遠帝業的唐高祖了。

歷朝開國，均不乏膾炙人口的傳奇故事，但以唐朝開國的傳奇故事，最為活潑生動，也最受中國民間社會的喜愛。這其中，雖有不

少捕風捉影、誇張失實的成分，或荒誕不經、錯亂雜湊的精神，而為後世歷史家所不取；然而，從另一角度看去，隋末唐初畢竟是繼戰國時代、及三國鼎立之後，中國歷史上第三波浪漫英雄縱橫捭闔的時代。更由於在唐代盛世過去之後，中國從未恢復過聲震四夷的奕奕英風，所以，民俗文學刻意渲染那一英雄時代的浪漫傳奇，也就可能有其「心理補償」的意味在內了。

隋末起義的群雄之中，本以翟讓領導的瓦崗寨軍威最盛，投奔的四方豪傑也最多。但後來由於李密與翟讓互爭統帥，導致瓦崗集團的分裂，異軍突起的太原集團，才得以逐個擊破並世群雄的勢力，而接收了兵劫之餘的隋朝江山。而李世民發展太原集團實力的策略，很明顯的是以吸收與爭取瓦崗軍中首領人物為重心，事實上，後來協助李世民轉戰四方的軍事將領，也大多出於瓦崗軍中。只不過由於李世民慷慨仁義，不計舊怨，所以瓦崗豪傑也都樂於為他所用而已。

程咬金的憨直，秦叔寶的窮途，單雄信的忠義，徐茂公的智巧，在新舊《唐書》中雖然極少著墨，然而，在民俗傳說中卻一直歷歷如繪，引人興味，為唐朝開國增添了不少浪漫色彩，追究原委，實在與瓦崗集團的風雲際會有關。即使唐初最受李世民器重的一代軍事奇才李靖，在加入太原集團之前，也與瓦崗群雄有過結義相交的淵源。當李世民以軟硬兼施的手段，收攬了這些瓦崗軍中真正的不羈之才後，李密、竇建德、王世充等碌碌餘子，自然便難以與他一爭雄長了。王國維的詠史詩指出：「文皇端不愧英雄」，確不失為史家巨眼，因為李世民非僅本身智計勇武，出類拔萃，而且還深知「識英雄、重英雄」的道理。

於是，在波濤起伏的中原逐鹿過程中，作為一個政治團體，瓦崗群雄雖然已經風流雲散；可是，作為個別的奇倔人才，卻完全溶入了唐初的軍政結構之中，而為後來唐太宗擊破突厥，生擒頡利，招徠回

紇，威震西域，被游牧民族尊稱為「天可汗」，奠定了牢不可拔的基礎。唐初這種活力彌漫、英雄相惜的景觀，如今看來，正是：「生氣遠出，不著死灰，妙造自然，伊誰與裁？」

【一】

有時候輕柔的走過
也像落葉的輕降
有時候驚起琴，驚起鐘
驚起一陣豪情的大笑
而秋月黃昏，像最最喜愛的
切切實實地，人間的一縷青煙
青山依舊地傳遞下去

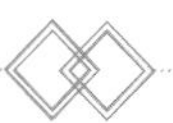

【二】

昔日龍城飛將的兄弟
一聚即離，頭也不回
我仍在白雲山莊望下來
看他下山，看他遠去
而落日仍在崦嵫山那兒昇起來
我還是從旭日東昇那兒沉下去

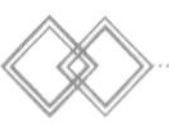

濃盡必枯

「楊柳淒迷汴水，丹青慘淡淩煙，樂遊原上草連天，飛起寒鴉一片。」一代雄主李世民開創了大唐皇室的基業，締造了貞觀之治的盛況，可是，他晚年所寵幸的美貌才人武則天，卻幾乎憑她一己的政治權術，加上新興的士族勢力，在短期內傾覆了無數英雄以血汗打下的唐朝江山。

在中國歷史上，像武則天這樣公然即位稱帝，而且臨宇長達十五年的「新女性」，堪稱空前絕後。因為在她之前的漢朝呂后、在她之後的清朝慈禧等人，雖然實際上掌握了相同於專制帝王的絕對權

力，但名義上畢竟仍虛幌著「垂簾聽政」的藉口。唯有武則天，敢做敢為，我行我素，而當時的唐室宗族與天下百姓，也大體都能夠接受這一事實。可見源出於西北游牧民族的唐朝，遠較中國其他朝代更為開放。而武則天本人在宮闈生活上的豪放浪漫，透過相關正史的記載與民俗文學的描寫，也正反襯了唐代社會風氣的通達與恣縱。

武則天能夠利用唐高宗的昏懦，不斷排斥與殺戮唐朝的元老重臣，使她在高宗去世前即已牢固地把持了唐室政權，一方面固然是由於高宗惑於她的美色，另方面，卻是由於她能夠大量拔擢出身科舉的寒門才士，將他們引入到高層政治結構之內，壓制了豪門世族的氣燄。她這種刻意調整權力結構的部署，雖然與她本人出身庶族有關，但的確適應了當時社會的發展趨向。武則天稱帝之後，曾多次下詔求賢，要求官府用人「務取實材真賢」，所以許多不顧阿附豪門世族的英賢之士，也競相為她所用。從這一角度看來，武則天其實是極有政治

眼光的領袖人物。

無論在改革政制、加強邊防、減輕賦役、獎勵農桑等軍政大事上，武則天都不乏具體的成績。但事實上，她也與歷代帝王一樣，掌握絕對權力之後，便陶醉在家族私佞如武三思、武承嗣的諂諛，及親信男寵如張易之、張宗昌的包圍之下，以致任用酷吏，濫殺無辜的事例，屢見不鮮。若不是由於極富清望的狄仁傑，始終發揮擎天一柱的功能，忠於朝廷，周旋迴護，武則天的政績，早已為她嬖幸的武氏集團破壞無遺。所以，狄仁傑死後，武則天失去了唯一信任的佐國良相，不得不放任武氏新貴濫權橫行，便難免遭到唐室舊臣的反擊，而被迫放棄了她的女帝權力。

身為一個敢做敢為的「新女性」，武則天有她殘酷無情的一面。著名文士駱賓王為起兵反她的徐敬業撰寫檄文，指她：「洎乎晚節，穢亂春宮」，「近狎邪僻，殘害忠良」，至少有一部分確是事實，而她對

待親生諸子的果斷手段，尤其有令人心悸之處。因此，這位女皇帝絢爛瑰奇的一生，雖然為唐代歷史加添了濃艷森冷的一頁，她所刻意經營的帝業，卻還是及身而絕。正是：「神存富貴，始輕黃金，濃盡必枯，淺者屢深。」

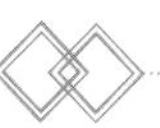

【一】

那天地間的雨似斷非斷的下著
那千年萬載燃至今宵的一枚紅燭
能撐明這寒冷的下半夜嗎
冷雨在外面鬼哭神號的延續著
從一個朝代，冷冷交結，另一個朝代

【二】

……古之舞者，玄衣更霜，

妳髮色多麼柔，

像一朵黑色的芙蓉，在水流裏散開而落。

妳抿嘴笑過多少風流雲散，

皓齒啟合間多少漁樵耕讀，

但我是誰呢？妳知否

我便是長安城裏那書生

握書成卷，握竹成簫

手搓一搓便燃亮一盞燈

吞吐大荒

「大漠風塵日色昏，紅旗半捲出轅門，前軍夜戰洮河北，已報生擒吐谷渾。」在中國的民俗文學作品裏，尤其是在通俗講史演義裏，有關唐朝初年開疆拓土的故事，經常被傳誦和誇張到顯然遠離史實的程度，甚至出現許多根本子虛烏有的「番邦」，以供唐代英雄對壘爭鋒，原因何在？這是一個值得從民族演化過程的歷史角度，和集體「潛意識」的心理角度，加以究詰的問題。

從民族演化過程的歷史角度來看，唐初確實是中國本土的文治武功到達巔峰狀態的時期。當時亞洲所有的民族與國家，都被籠罩在

唐朝的文化光圈之中，而無一例外。唐高祖李淵早年起兵太原，準備進取關中之時，為了避免腹背受敵，雖曾向東突厥稱臣；但到了唐朝建國之後，李世民始則輕騎出京，面折頡利可汗，繼而派遣大將李靖、李勣，揚威漠北，生擒頡利，懾伏了所有雄踞中亞的騎射游牧民族。

而唐朝與回紇、吐番、吐谷渾的交往，也都是以宗主國的姿態，接受朝貢。武后時代，西北略有邊釁，大都略擊即退，「絲路」一直暢通無阻。其他如朝鮮半島的高麗、新羅、百濟，日本的扶桑三島，也都翕然悅服，多次派出「遣唐史」來中國示好和學習。甚至遠在中東的阿拉伯大食帝國，也曾派遣使臣來華通問。所以，在後世飽經憂患的中國民眾眼中，唐初簡直是「聲教四訖，諸夷賓服」的黃金時代。事實上，當時唐代將領與境外敵人的戰爭，也都居於耀武揚威的優勢地位。

而從民族集體「潛意識」的角度來看，講述通俗歷史的風氣，主要蔚起於宋元，而極盛於明代。其時，中國已久受異族的壓制與侵略，而或由於主懦臣怯，喪師失地；或由於軍力懸殊，國勢凌夷，無法在現實上達成「伸張天威」的願望，轉而在歷史上黃金時代裏找尋慰藉，而唐代恰是一個最理想的典範，能夠激發民俗文學作者與讀者壓抑已久的愛國熱情。於是，將內心的「情意結」外向投射的結果，便形成了動人心弦的英雄傳奇。

例如羅通掃北的故事，就是一個典型的由民俗傳說擴大為英雄傳奇的樣本。唐初開國英雄的後裔中雖有羅通其人，但他並沒有揭地掀天似的特別表現。到了民俗作家筆下，想像中的羅通卻猶如神話中的英雄人物一樣，是「白袍小將，登台拜帥」的奇蹟創造者，在對敵作戰中屢建奇功，反敗為勝，終於報復父仇，拯救君主，迫使敵人望風披靡，臣服於大唐聲威。像這樣的情節，後來在通俗講史作品中一再

出現，儼然成為一種民俗文學上的「原型」。若是仔細考慮一下：這種「原型」背後的社會心理基礎，以及它所反映的民俗信仰中善惡果報的觀念，似仍不無值得現代人玩味的地方。

至少，在久經壓抑之後，中國人想像或追懷一種浩瀚磅礡的生命情調，正是：「**觀花宮禁，吞吐大荒，由道返氣，處得以狂。**」

是黃泉一路嘶喊過去的烽火和馬鳴
英雄豪傑死盡散盡俱不復來
你站在岸前看你染血的手
縱身一躍也不過是茫茫滄海
此生未卜大可責醉佯狂
狂歌當哭原是壯士生涯

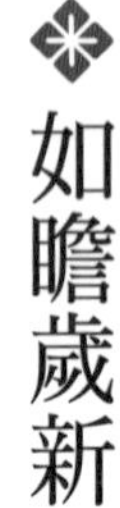

如瞻歲新

「五原春色舊來遲，二月垂楊未掛絲，即今河畔冰開日，正是長安花落時。」在民俗文學有關唐初諸將的英雄傳奇之中，薛家將的傳奇是歷經長時期的匯流與變形，才逐漸混合成型的，所以，其中含有不少集體「潛意識」的沉澱成分。當冰開花落之後，薛仁貴征東的故事，或許可以透顯出比一般英雄傳奇更深刻、也更弔詭的意涵。

首先，於民俗講史作品中，將忠良英雄在初期飽受困厄，不得伸展壯志，甚至經常瀕臨生死難關，歸因於朝廷權臣的妬賢害能，設計傾軋，是由來已久的傳統，初不以薛家將的事蹟作為肇因。然而，這

種外有強敵壓境、內有權奸掣肘，民間想像中的英雄人物卻終能突破生命困境，為國建立殊勳的傳說結構，卻在薛仁貴的傳奇中獲得了最密集、也最逼真的表達。不斷設謀迫害薛仁貴，以圖邀功固寵的主將張士貴，雖然只是一個虛構人物，卻是民俗傳說中同類權臣的集體形象化表徵。而薛仁貴險死還生，白袍救主，終於掛帥平遼，斬將搴旗，措國邦於碁石之固，也正是民俗想像中英雄應有的功業。

歷史上的薛仁貴當然有他的功業，「將軍三箭定天山，壯士長歌出漢關」，薛仁貴不失為唐初群雄中的佼佼者。

然而，通俗講史著作多出於宋元之後，誠如民族英雄岳飛的史實所顯示的：自古以來，「未有權臣播弄於內，而大將可以立功於外者」，所以，諸如薛仁貴征東之類的民俗想像故事，便不得不刻意披上一層近乎浮誇的神話紗幕，以迴避無數慘痛的歷史事實所累積而成的「通則」。正因如此，所謂青龍白虎的爭鬥，世外神仙的介入，其實

不外是民俗文學家心中對其「一廂情願的想法」（Wishful thinking）所作的「合理化」解釋而已。也正因如此，這一類的民俗想像故事，便經常陷入宿命恩怨、善惡果報的陳舊窠臼。

另一方面，柳迎春垂青薛仁貴於他寒微落魄之時，慧眼識人，委身相許，固然是浪漫傳奇中英雄美人交相映輝的俗套，但當薛仁貴流落番邦之際，她苦守寒窯十八年，終於盼到良人衣錦榮歸，卻是整個薛家將傳奇的另一高潮。從薛仁貴明知柳氏堅貞可信，卻猶要在汾河灣冒名戲妻的角度看來，這類民俗傳說，的確在無意間透露了中國傳統社會的「大男人意識」；但從孤軍遠征、長期失陷的角度看來，「可憐無定河邊骨，猶是春閨夢裏人」，十八年生死茫茫之後，傳奇的英雄顯然本也有其人性的弱點，深怕魂牽夢縈的愛侶已隨風而逝。荷馬史詩之中，傳奇英雄奧迪賽歷經艱險，漂流歸來之日，也正有過這種近鄉情怯的心虛表現。

或許，誠如晚近細心的文學批評家指出：薛仁貴返家途中，為射惡虎，誤傷幼子，可視為中國民俗文學裏，一個逆轉了的「伊底帕斯」情節之體現，隱約反映了父子之間的原始衝突。果若如此，則以唐初英雄為背景的通俗講史作品中，確實還有許多新穎的民族集體「潛意識」問題，等待現代人耐心揭示。這種新穎的內涵，正是：「**如逢花開，如瞻歲新，真與不奪，強得易貧。**」

就這樣長身去了五湖四海
自天涯滄桑風塵回來的你
大鐘鳴鼓，琴瑟竽笙
高台厚榭，邃野之居
或人何在？或人何在？

你又帶書攜酒配劍
從眼前到天涯，一路過去

迴旋之葉

濯足扶桑

「青海長雲暗雪山，孤城遙望玉門關，黃沙百戰穿金甲，不破樓蘭終不還。」孤城百戰，是中國軍事英雄的驕傲，但也是他們深沉的悲哀。

在中國歷史上，統兵出征的傑出將領，孤軍破敵，百戰榮歸，但卻蒙冤受謗、反遭迫害的史實，比比皆是。通俗講史作品中的唐初英雄傳奇，在渲染薛仁貴的事蹟時，猶只將這種病態的現象，歸因於權奸誤國，及至發展到「薛丁山征西」與「薛剛反唐」的故事時，便逕自將層次上溯，直接歸因於皇帝的偏心了。

就民俗文學的演進來看，這無疑反映了岳飛慘死之後，民間社會對受難英雄的深刻同情，已經突破了對帝王權威的心理禁忌。事實上，這種文學想像中的責任追溯，也更接近歷史的真實。

薛丁山的故事，本來只是民俗文學家為了誇張薛家將的功業，而湊合附會的情節，所以，虛構的宿命恩怨、因果報應之類民俗神話，和真實的唐初君臣如唐太宗、尉遲恭、程咬金之類人物，混淆不清。但與薛仁貴相較之下，薛丁山在戰場上顯然遭到更多的考驗和挫折，因而戰爭也更富於戲劇性的高潮。在中國文學批評史上，有關通俗歷史演義的理論之中，本有一派「傳奇貴幻」的說法，認為歷史傳奇的特色，正是貴在「慷慨足驚，奇幻足快」，或許，薛丁山的事蹟較薛仁貴更為膾炙人口，正印證了「傳奇貴幻」的理論。

但從民俗文學所反映的社會心理而言，如果薛仁貴戲弄柳迎春，是中國社會「潛意識」心理的「大男人主義」表現，那麼樊梨花三

難薛丁山，卻恰是女權運動高漲的例證。樊梨花為了報復薛丁山對她的羞侮，故意要薛丁山一步一拜，拜上寒江，甚至還蓄意佯死，試探誠意，雖然可視為歡喜冤家的戀愛情趣，但也未始不是女性在英雄傳奇中地位日增的表徵。在歐洲中古著名的浪漫武士傳奇，如「圓桌武士」、「玫瑰傳奇」中，類似的情節也經常出現，或許可判定為英雄傳奇的基本「原型」之一。

然而，薛家將故事中真正驚心動魄的演變，卻是權奸欺壓良民，薛剛仗義伸冤，導致薛氏滿門盡遭緝戮的劫禍。在民俗文學的想像中，以薛氏兩代的耿耿忠義與赫赫功勳，竟然抵不過一個權力人物的挾怨報復，當然表示唐太宗去世之後，整個朝廷的正義基礎，已經產生嚴重的裂痕。所以，薛剛大鬧花燈，勇劫法場，最後甚至反出唐朝，屢破官兵，正酣然發抒了元氣淋漓的民間正義觀念。如同民俗神話中不甘受到束縛的哪吒一樣，薛剛也是中國民俗想像中年輕一代

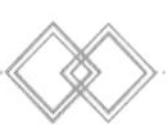

「叛逆英雄」的突出造型。

依照中國長期以來追求和諧與圓滿的道德理想，薛剛最後當然重返朝廷，薛氏一門也必定受到昭雪，然而，狂飆一現的民間正義觀念，卻正是潛意識中民族生命力的揚升。在想像中，猶如：「前招三辰，後引鳳凰，曉策六鰲，濯足扶桑。」

在邊疆裏許多戎馬、許多旅人的篝火

許多馬畔的煙息，落日依舊長圓

長安遠。阿爾泰山　常年積雪。

那麼積雪是最偉大的風景

靜寂就是最偉大的悲劇了

從匈奴的殺伐，鮮卑的金甲，突厥的蹄風

如覓水影

「玄宗回馬楊妃死，雲雨雖亡日月新，終是聖明天子事，景陽宮井又何人？」唐朝開國以來的昇平景觀，未曾受到玄武門之變及武則天改號等一連串高層政爭風潮的影響，但到了天寶年間安史之亂發生，盛極一時的大唐王朝，終於開始走上了沒落的途徑。其後雖因郭子儀、李光弼等人的奮起護國，唐室一時有中興氣氛，畢竟已是「夕陽無限好，只是近黃昏」的殘霞暮景了。

所以，玄宗回馬與楊妃縊死，標誌了唐朝歷史上盛衰隆替之間的一道分水嶺。回馬之後的唐玄宗，只不過是一個失去至尊權力的落寞

老人，太子李亨即位於靈武，戡平變亂的軍事行動已與玄宗無關，身為「太上皇」的玄宗，祇能終日以思念楊妃自遣悲懷。縊頸而死的楊太真，生前所留下「回眸一笑百媚生」的美麗形象，卻成為大唐全盛時期的焦點象徵，牽動了人們有關天寶緊華的全部記憶。

堪稱一代雄主的唐玄宗，當年鎮定如恆地敉平武后餘黨的變亂，屹立如山地將唐朝社會推上物阜民豐的巔峰，他那看來安若磐石的帝業，居然會因「義子」安祿山的漁陽鼙鼓襲來，而毀於旦夕。而在民間傳聞之中，身為絕代麗人的楊貴妃，不僅一門顯貴，權傾天下，是導致玄宗荒怠政事的主因，而且她與安祿山也有情緣糾纏的關係。馬嵬坡事變發生之際，「此日六軍同駐馬，當時七夕笑牽牛」，關鍵問題端在玄宗只能於江山和美人之間，抉擇其一。凡此種種，都使唐玄宗與楊太真這一樁以悲劇收場的愛情故事之中，充滿了衝擊、錯綜，和奇幻的色彩。

正因如此，除了像白居易的「長恨歌」、陳鴻的「長恨歌傳」，或後來洪昇的「長生殿」等，正統才士們感人的詩歌、行傳，及劇本之外，早從馬嵬事變之後不久，民間社會即流傳了無數有關天寶遺事的流言和臆測，不斷渲染這一齣權力與愛情糾纏、天上與人間離合的悲劇。也正因如此，後代的民俗文學之中，便充滿了以唐玄宗和楊貴妃為主角，以安祿山和楊國忠為陪襯的狂野想像。其中有些情節，雖然荒誕離奇之極，卻也頗能傳達粗獷諧謔的民俗趣味。

另一方面，平定安史之亂的郭子儀，成為中唐以後民俗傳說裏新的英雄偶像。而郭子儀初在軍中犯律當斬，曾因詩仙李太白的一言之惠，而倖免受刑，後來終於成為大唐中興的柱石。所以，郭子儀的英雄生涯，又與浪漫詩人李太白的身世傳奇，交相穿鑿，成為民俗文學所注目的題材。而在翻天覆地的時代變局下，郭子儀屢建奇功，到後來富貴壽考，七子八婿，成為有唐一代朝野傾慕的完人，而李太白卻

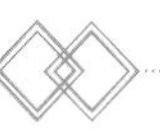

長流夜郎，潦倒而死，兩人命運對比之懸殊，動人心魄，這尤其使民俗文學家深感興趣，許多離奇的想像，又由此而生。

於是，大唐盛世雖然已成往事陳跡，建立在盛世追憶上的君王、美人、英雄與奇士之間，曲折離奇的傳聞，卻一直流傳到久遠的未來。正是：「**絕佇靈素，少迴清真，如覓水影，如寫陽春。**」

【一】

一曲銀箏，還在花間月下

猶未響起，還是猶未散絕

或是根本還沒人發現？

高山流水，妳是那一位？

亭台樓閣，妳住在那裏？

山連山，水連水，江湖連江湖

【二】

那就讓我游刃為兵吧
成為蒙古鐵馬金戈的一點英秀
而妳化為
大漠風沙的碧落紅塵吧
我振衣而起，為妳的翠袖玉環
我成為竹葉，在妳的青上

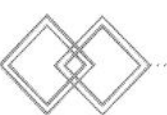

【三】

落花也有溫柔的遠志
像人走向水涯
而裘褐為衣，棺桐三寸
張目間逼切如大火逼你躍牆
身臨絕澗如閉目飛躍
而這一躍往何處去呢
流水也有悲壯的柔情

清露未晞

「南海商船來大食，西京祆寺建波斯，遠人盡有如歸樂，知是唐家全盛時。」唐代這種四夷來朝、萬賓雲集的盛世氣象，雖然隨著天寶繁華的凋逝，而逐漸成為不堪回首的夢憶；然而，前代累積既厚，夕暉殘霞中的唐代社會，畢竟還要經過一段漫長而曲折的發展歷程，才會真正走上分崩離析的窮途。有時，當政治結構趨於鬆弛之後，民間社會的伸展空間相形擴大，在學術、文化、宗教、文學、藝術方面，反而可能有更輝煌的表現，中唐與晚唐的情況，即是如此。

但唐代自開國以來，宮闈政治一直是主導時局變化的重要因素。

玄武門事變、武則天攬權、韋皇后干政、馬嵬坡悲劇，一連串影響深鉅的大事，全部都與宮闈秘辛有關，而這種種「明眸皓齒今何在？血污遊魂歸不得」的強烈反諷與現實教訓，對於中唐以後，已經步入衰颯局面的當政諸帝，卻似乎全然不曾發生啟示作用。事實上，安史之亂平定後，幾件決定唐代政治命運的大事，如宮廷宦官迫害革新諸臣的所謂「二王八司馬事件」，如恩怨糾結長達四朝以上，牽連幾及所有高級官員的「牛李黨爭」，如宦官公然劫持皇帝，一次屠殺千餘大臣的「甘露事變」，追根究柢，仍然均與宮闈風潮、帝后暗爭，脫離不了關係。

研究隋唐歷史最有創見的史學家陳寅恪，曾引《朱子語類》的記載：「唐源流出於夷狄，故閨門失禮之事，不以為異。」指出統治氏族與宮闈隱私兩者，「實李唐一代史事關鍵之所在」。事實上，細察唐代的政治革命及黨派分野，固然各有其政見取向上的原因，但或多或

少，均隱約涉及宮廷中帝后兩系氏族的權力鬥爭。

宮闈秘辛，當然有其浪漫的一面，通常不外乎權力與美色的結合，以及這結合所投射出來的瑰麗表象。所以，唐代的文士與詩人，都頗樂於鋪敘宮廷生活的旖旎華燦。然而，宮闈秘辛的另一面，卻往往是暗潮洶湧的利益角逐。帝王與后妃之間，皇子與公主之間，各自形成了錯綜複雜的微妙關係，必須分別援引廷臣、宦官與藩鎮的勢力，以為呼應。於是，宮闈政治、宦臣擅權、藩鎮割據，與官僚結黨，交互滋長，也交互激盪，終於磨蝕了唐室殘餘的政治力量。

「甘露事變」之後，唐代整個朝廷元氣大傷，正直敢言之士幾已殺戮一空，藩鎮勢力已驕橫到根本無視於皇室的尊嚴，而迷戀美色的文宗與僖宗，仍一味耽溺於春日觀花、秋夜賞月的逍遙歲月之中，而無心面對現實。所以，一旦河洛發生大旱，社會秩序動搖，將近三百年的唐代帝業，就當真到了「無可奈何花落去」的落幕時分。膚淺而殘

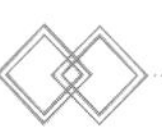

暴的黃巢，居然能夠攻破長安，可見唐室軍力已經全然不堪一擊。所以，後來朱溫篡唐，帝國分裂，也就不足為奇了。

在中國歷史上曾綻放眩目光芒的大唐王朝，產生過無數的英雄傳奇與文化偉蹟，然而，最終還是「綺羅堆裏埋神劍」，在溫柔而又淒涼的宮闈鬥爭中，走完了它的歷史行程。或許，在後人的感懷中，這是一段始於美麗、終於哀愁的歷史行程，正是：**「水流花開，清露未晞，要路愈遠，幽行為遲。」**

【一】

重樓上玄衣飛血還是飛雪？
染紅了青裙還是白衣裳？
你磅礡得要與天山比高遠……

而我仍在水柳旁掬月幽幽……
休休，我嗚箏千萬遍陽關
抵不足怒若雷霆的一擊
眼看仍是震驚於茂夏的蓮台
忽然一夜間謝了……

【二】

……古之舞者，玄衣勝雪
那一彎明月，看過多少格鬥
多少位英雄，站著死去
笑著挺身，哭著故土？
而世間情是一棵

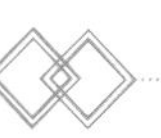

恩恩怨怨的樹
古之舞者……當風煙過去
再來的是什麼？

【三】

當李白把青抱大袖伸向江月的剎那，
當陶潛把無絃素琴收起的瞬間，
當蘇軾把尊酒酹往寂寂天地的一刻；
千古風流，倏生倏滅。
他們，是何等心情？何種寂寞？
文學，告訴你這剎那到永恆間的一切

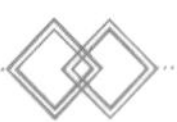

【四】

歲月無情，世緣生滅不定，
人怎堪無休無止任自己在
浮名假象的紅塵裏徵逐迷失?!
雨落平疇，煙翠山岡，
請看自然界處處含情，
文學的真善美交融，
從金堆玉砌裡抬頭。
自煙塵滾滾中回首。

【五】

那個晚唐女子低眉回手，
輕輕地，拈起一支素銀簪
綰住了
散落在楊妃色坎肩上的
一握濃髮。
文學，也是一支銀簪，
輕輕地，綰住了
漠漠紅塵裏的千絲萬縷。

脫帽看詩

「澤國江山入戰圖，生民何計樂樵蘇？逢君莫話封侯事，一將功成萬骨枯。」自黃巢攻佔長安，到宋帝黃袍加身，整整一百年間，中國陷入循環反覆的動亂與殺戮之中，生靈塗炭，人道蕩然，是歷史上著名的黑暗時代。

這也是繼魏晉南北朝、五胡十六國之後，中國又一次呈現出大混亂、大分裂狀態的歷史「斷層」。歐陽修在《五代史記》中指稱：「五代之亂極矣，傳所謂『天地閉，賢人隱』之時歟？」王船山在「讀通鑑論」中甚至認為：五代根本不夠資格被稱為「代」，因為當時的帝王將

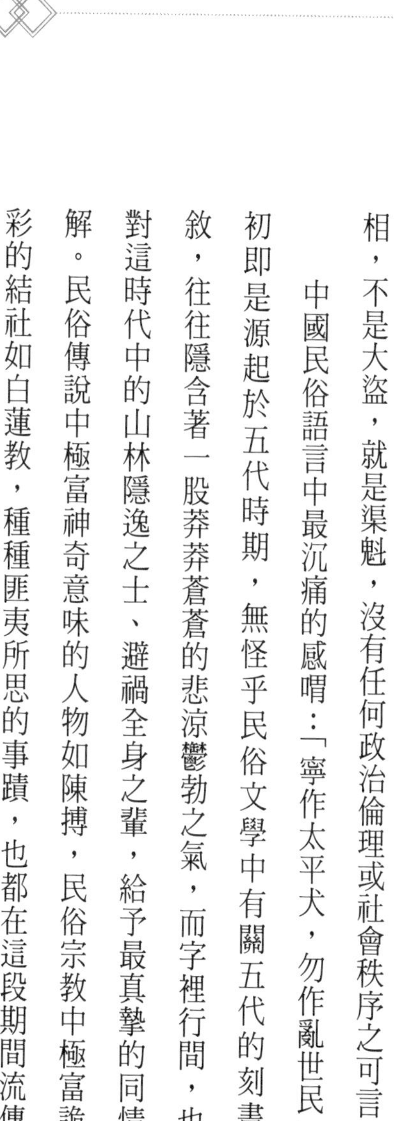

相，不是大盜，就是渠魁，沒有任何政治倫理或社會秩序之可言。

中國民俗語言中最沉痛的感喟：「寧作太平犬，勿作亂世民」，最初即是源起於五代時期，無怪乎民俗文學中有關五代的刻畫與鋪敘，往往隱含著一股莽莽蒼蒼的悲涼鬱勃之氣，而字裡行間，也往往對這時代中的山林隱逸之士、避禍全身之輩，給予最真摯的同情與諒解。民俗傳說中極富神奇意味的人物如陳摶，民俗宗教中極富詭秘色彩的結社如白蓮教，種種匪夷所思的事蹟，也都在這段期間流傳於鄉野民間的下層社會之中，充分反映了五代十國時期禮教崩毀，人心動盪的實況。

無論廢止唐室帝祚、自創後梁王朝的朱溫，攻破後梁都城、另建後唐帝業的李存勗，依附契丹勢力、割讓燕雲十六州的「兒皇帝」石晉塘，利用兵亂餘隙、自封後漢皇帝的劉知遠，或是率兵突入開封、建立後周王朝的郭威，名義上雖都擁號稱尊，儼然帝王，實際

上所能統轄的地區，從未超出黃河流域的一隅。其他廣大的華夏河山，則陷入長期的小國割據狀態。

但五代割據不同於三國鼎立，整個時代都呈現天地晦暝、日月無光的末世景況，非唯全無生氣蓬勃的浪漫英雄或貞節志士，甚至也缺乏雄才大略的權力梟雄如曹操之類的人物。其狠戾酷暴、冗悶委瑣的情形，誠如民俗文學家歸莊在「萬古愁曲」彈詞中所指出的：「亂紛紛，一似螻蟻成橋，鳩鵲爭巢，蜂蝎跟濤，豚蜮逐潮，那裏有閒工夫記這些名和號！」所以，當頗知攏絡才傑之士的趙匡胤黃袍加身之後，亂極望治的民心，註定了新崛起的宋朝，可以在最短期間蕩平域內，統一天下。

當然，縱在亂世之中，帝子美人之間，也不乏纏綿悱惻的愛情故事。「玉骨冰肌，自清涼無汗」的花蕊夫人，「爛嚼紅茸，笑向檀郎唾」的大周后，「奴為出來難，教君恣意憐」的小周后，種種或清新、或明

艷、或嬌怯的風情，仍然透過不朽的文學篇章，而閃爍在歷史的夜空裡，為那個不堪回首的時代，留下了一些溫柔美麗的姿影。

然而，「四十年來家國，三千里地山河，鳳閣龍樓連霄漢，玉樹瓊枝作煙蘿，幾曾識干戈？」能夠在那個天地晦暝的時代裏，享受到多年的溫柔情趣，畢竟只有極少數的天潢貴冑，所以，當一代詞宗李後主「揮淚別宮娥」的時候，對於殷望太平歲月的百姓而言，毋寧象徵了一個新時代的開始。

五代十國逐一殞滅，中國重歸「大一統」的政治格局，隱逸山林的人才也紛紛出而問世，對他們而言，過去的歲月真如一場噩夢，正是：「築室松下，脫帽看詩，但知旦暮，不辨何時。」

【一】

像是沉哀的雲
滿天空藍星一般的靜寂
許多預言，許多預兆都靜靜地發生
那是誰！
誰俯伏在那藍天後的黑幕裏
靜靜地守候？
那是誰！
在補天蓋地灰沉的簾幕裏
永恆地等待？

【二】

天地無窮，人生長哀
在冰雪中我永遠斷冰切雪
萬里無雲，長空一輪清月
妳就為我楚衣歌一曲吧
蒙古是寂寞的雪
忽然下降，一夜都白了
遠處有胡笳傳來
悲歌未徹，衣冠如雪
像幾千年的懷想唱不完的風沙……

【三】

我在夜黑風高的夜裏搖著大旗
落日、殘月、晨星　我要你馬上趕來
因為只有我這面大旗能捲住狂風
而傳統讓我接住拋向未來
記住要接住我的詩，並接著我的旗
這一面龍旗，和整個人間的正義

杳靄流玉

「莫把杭州曲子謳，荷花十里桂三秋，豈知卉木無情物，牽動長江萬里愁！」宋代詩人謝驛的這首七絕，雖是承襲柳永名詞「望海潮」的詞意，但卻點出了宋朝何以邊患不絕的原因。

趙匡胤因陳橋兵變，黃袍加身，而成為宋朝的開國雄主。但他雖出身於後周禁軍將領，也依循五代慣見的立國模式，登上了帝位，他與篡弒相尋的五代帝王，畢竟有基本性格與器識上的區別。他能夠嚴令子弟善待後周宗室，所以終宋朝之世，柴氏子孫的名位與福祉獲得庇蔭；他又能夠於軍事統一之後，曲意保全有功將領，以「杯酒釋兵

權」的溫和方式，消除隱含的殺機，讓百戰功高的將領能與他共享富貴，以終天年，都說明了趙匡胤不失為收拾五代禍亂的最佳人物。所以，「千秋疑案陳橋驛，一著黃袍便罷兵」，其實不足以作為評估太祖功業的一個標準。

趙匡胤面對的是浩劫之後的神州大地，他雖然以加強中央集權、重訂朝廷體制的政治手腕，為宋代日後社會經濟的繁榮，創造了有利的條件，然而，積弱之後的中土，相對於崛起邊塞的西北游牧民族而言，已經失去了漢唐時代的嚇阻力量。而繁榮所帶來的綺麗與溫柔，加上他為恐重演前朝往事，一意採取「重文輕武」的政策，社會風尚以纖巧文弱為美，雖使有宋一代文風大盛，但欠缺足夠的武力為後盾，卻適足以招引邊塞強敵的入侵。期望有忠誠勇武的人物，捍衛江山，抵禦強敵，是當時民眾共同的心理趨向，所以，民俗文學中著名的楊家將故事，在宋朝軍民之間流傳極盛，其中部分情節，幾乎到

了純屬虛構想像的程度，自有它的社會心理背景存在。

宋朝君主之中，只有身經百戰、創業開國的匡胤與光義兄弟，可以與雄踞大漠的契丹君王，一較騎射功夫。但趙光義在「斧聲燭影」的疑案之後，繼位為帝，雖然仍繼承太祖遺志，攻滅北漢，統一中原，但已急於享受帝王的權威，對進而與援助北漢的遼國政權，一決勝負，以及收復燕雲十六州，恢復唐時疆域，已經全無豪情壯志可言。到了宋真宗在遼國壓力之下，勉強御駕親征，總算將士奮勇，使他得以與遼主分庭抗禮，只須歲輸絹銀，便訂定了可以苟安良久的「澶淵之盟」，宋朝君臣似已喜出望外。自此之後，如楊業、楊延昭等抗遼有功的英勇將領，若不是屈死邊關，便是逐漸在當朝權力人物的心目中「淡出」了。

王安石變法圖強的計畫，在新舊黨爭之中，歸於幻滅。歐陽修、司馬光、蘇東坡等一連串中國文學史上光焰萬丈的天才人物，掩

蓋不了北宋在長期積弱下，內部又滋生出來的變態腐化狀況。徽欽二帝時代，宋江等梁山好漢的出現，方臘等下層會社的起事，已經預示北宋王朝走入沒落階段。金人鐵蹄南下，猶如驟雨飆風，二帝被俘，開封淪陷，五國城的悲劇，對於耽溺宴安逸樂、不恤國脈民命的帝王，不啻是最尖銳而直接的教訓。然而，「空嗟覆鼎誤前朝，骨朽人間罵未銷」，自宋高宗以降，南渡後的宋室，並未記取這個教訓。

雖然如此，在中國歷史上，宋朝還算是對天下臣民最有思義的朝代。所以，宋朝淪亡前後，有意規復宋室江山的民間義勇組織，也遠較其他朝代為多。在這些抗金或抗元志士的心目中，禮遇文人、寬待百姓的宋朝，仍是一段值得懷念的太平盛世，值得珍藏在記憶之中，正是：「登彼太行，翠繞羊腸，杳靄流玉，悠悠花香。」

【一】

如果一切都沒有發生，就當它是等待的小舟吧
如果一切都發生過了，就讓它是不變的青山吧
當日落的時候，你靜靜地在河灘上走過
在你身旁的，仍是那位
亙古的戀人

【二】

聽到一首歌，歌聲有碎玉的蔭涼
知道不是在多水多柳的聲音
而是孤煙直落日遠的滾滾遼河
我說蒙古呵你有多久的荒涼

妳輕輕握住我的手說
苦怎麼只有一個人
輝煌卻是全部
你還有多久的天涯浪跡？

【三】

也許，笛音九轉如人一世
日迴腸夜盪氣，教人
塵緣遍歷、諸苦備嘗。
也許，筆的心志正似蠶的一生，
字字恩深、語語情重，
教人千絲吐盡後，

終於破去生之囚縛。

【四】

是誰在欲雪的樓頭深坐？
錦屏生起了微寒，
重簾閑掛在銀鉤上，
琤琤琮琮的調絃
響起，又斷去。
文學，是美人獨坐凝眸處的
一段煙塵。

悲情之葉

妙契同塵

「塞下秋來風景異，衡陽雁去無留意，四面邊聲連角起，千嶂裏，長煙落日孤城閉。」縱看中國的歷史，曾經艱難百戰、揚名一世的軍事將領，大抵都是孤忠耿耿的寂寞人品。

一旦邊關平靖、四海昇平之後，這些叱咤風雲的狂飆英雄，若不是因為功高震主，而獲罪受戮；便是因為鳥盡弓藏，而投閒置散。所以，不但一般中國民俗文學的作家，經常以樸素的正義觀念，刻畫這些豪傑之士的悲劇命運，甚至在中國正統文學的領域內，以邊塞戰爭與出征英雄為主題的作品，也往往隱含著一股悲涼寂寞的蒼茫之氣。

上引范仲淹著名的「漁家傲」一詞，則是明顯的例證。

范仲淹雖是文學之士，卻也是有宋一代罕見的政治家與軍事家。自從宋遼雙方簽訂「澶淵之盟」後，朝廷對邊塞問題只圖苟安，久已缺乏北進的雄心。而當西夏崛起之後，宋朝居然猶能夠以積弱之師，戰新銳之族，一面撫輯流民，開拓西陲，一面更屢克雄關，迭建奇功，使野心勃勃的西夏名主元昊不敢小覷宋室君臣，也阻截了西夏與遼國聯合攻宋的圖謀，范仲淹本人坐鎮西疆，便是厥功至偉的關鍵因素。也好在宋朝開國的銳氣逐漸消失之時，尚有范仲淹、韓琦這樣的朝廷柱石，以及狄青、郭逵這樣的統兵將領，社會風氣已趨奢靡與文弱的宋室江山，才能夠屹立不搖。

在民俗文學的傳說中，臨陣時頭戴青銅面具，永遠身先士卒的狄青，是一個典型的狂飆英雄。他以天生勇武崛起軍旅，四年之間，名震西疆，前後參加大小二十五戰，戰無不勝，身中流矢八次，都能突

圍而出，迅即返戈再戰，使西域游牧民族望風披靡，無人敢於抵擋。狄青的聲威，甚至曾令遠在北國的遼室將領，也公然表示敬佩之意。無怪乎民間傳言，都稱他是「武曲星」下凡。南宋大詩人陸放翁曾有專詩歌頌狄青的功蹟，說他：「全師出雁塞，百戰運龍韜，金絡洮州馬，珠裝夏國刀。」狄青揚威西陲的颯颯英風，透過民俗文學作品的渲染，在宋室南渡中原板蕩之後，尤其成為鼓舞山東豪傑奮起抗金的精神泉源之一。

狄青能夠成為一代名將，除了本身勇略過人、才智出眾之外，遇合非凡，也是重要因素。他早歲受知於范仲淹、韓琦兩位樞臣，所以，雖曾屢受邊關權奸掣肘，朝廷內也不乏嫉功妒賢的敵黨，以致危機重重，陰霾漫漫，幾次險遭殺身之禍，但畢竟逢凶化吉，死裏逃生，成為宋朝有功將領中得以保全首領與聲名的少數代表之一。因此，晚年的狄青雖是一個書空咄咄的寂寞人物，但與古今許多功蓋寰

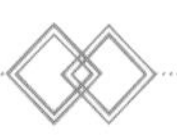

宇的名將相形之下，他已經可算是非常幸運的「漏網之魚」了。

正因如此，在民俗文學的天地裏，狄青被描述為智勇雙全的名將典型，甚至被附會為朝廷正義的代表人物，其實，自有其深層的社會心理補償意義在內。正是：「俱以大道，妙契同塵，離形得似，庶幾斯人。」

【一】

妳繼續維持妳小小的春睡
我繼續騎馬走到天涯
如果這不是天堂而是人間
那便需要我的寂寞，我的愛
如果魚沉在那蠢蠢欲動的冰河

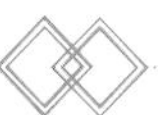

告訴妳，告訴我，雪崩是美麗的期待

【二】

這首歌是一道靜靜的水，流穿出幽谷

本是悠閒，而後激越，

越是荒漠，

越是悲壯。

轉轉折折，許許多多滙合後，

化成一條萬古雲霄萬古愁的

身姿，浩浩蕩蕩。

古鏡照神

「烽火城西百尺樓，黃昏獨坐海風秋，更吹羌笛關上月，無奈金閨萬里愁。」中國歷史上的戰爭，主要表現為兩種型態：一是帝國王朝的權位爭奪之戰，一是中原民族與邊疆民族的生存之戰。

前者在王朝傾頹、羣雄並起之時，爭鬥得最為明顯而暴烈，所謂「秦失其鹿，天下共逐之」；然而，由於在內戰中一統江山的新興帝王，所作所為，往往與前朝當權人物無異，因此，這一型態的戰爭，長期看來，只不過是中國典型的「朝代循環」故事的反覆演出而已。而後者卻是農業民族為了抵禦或防範游牧民族的入侵，而不得不

從事的自衛戰爭。所以，在中國的民俗傳說中，基於樸素的正義觀念，在後一型態的戰爭中脫穎而出的民族英雄，往往受到更多的懷念與崇戴。

當然，從社會經濟史的發展脈絡來看，白刃紛呈、血肉橫飛的戰爭場面，其實只是歷史的表象，戰爭的根源，其實深植於人類社會的基本結構中，甚至深植於人性的深層之處。然而，戰爭畢竟是悲慘而壯烈的歷史情節，即使在民族禦侮戰爭中奮袂挺身的英雄人物，也都有他們無可宣言的落寞與悲涼，因為他們捨死忘生、浴血捍衛的帝國王朝本身，往往將他們視為威脅王權的危險人物，而他們那種千里遠征血灑黃沙的生涯，也往往使他們的家屬、朋友、乃至戀人，陷於永無窮盡的憂心和等待之中。或許，這就是中國戰場英雄的宿命困境。

北宋應算是中國歷代御下最為寬厚的一朝，可是，楊家將孤軍抗遼，望穿秋水而後援不至的悲劇史蹟，也顯示了戰場英雄的宿命困

境，並不因「帝王仁德」而獲得實質上的紓解。雖然如此，楊門忠烈始終不改其「我本將心向明月」的素志，在歷史上，楊六郎的後裔楊文廣，仍然在為大宋王朝平定南方蠻族動亂的戰爭中，表現了民族英雄可泣可歌的志節與功業。

狄青的崑崙關之捷，楊文廣嘉峪關之捷，顯示宋朝並不是沒有反擊西北、西南游牧民族武力入寇的能力。然而，軍威赫赫的狄青，身世悽慘的楊文廣，非但不曾受到大宋王朝的傾力支持，而且，幾乎全憑孤軍轉戰、自力更生的意志與韌性，才未曾重蹈楊家先代的覆轍，在邊關戰事中保全了民間稱頌的英名。在民俗文學作品中，狄青數瀕於危，而楊門已無壯丁，結果有賴楊家十八寡婦毅然號召女兵南征，才維繫了大宋的聲威於不墜，雖只是想像的情節，但卻在無意中揭露了這些民族英雄落寞與悲涼的一面。

或許，民俗傳說才是真正反映時代真相的大眾心聲，所以，在

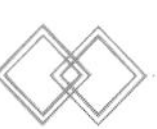

缺乏公道與正義的情況下，民俗傳說塑造了凜然不屈、力抗權奸的包拯，並將包拯的事蹟與狄青、楊文廣的命運，交相揉合，以想像中為昏暗朝廷帶來希望的「青天」，救贖了民族英雄的宿命困境。所以，在中國的民間記憶裏，狄、包、楊三人鮮明生動的形象，遠遠超越了當時主導他們命運的宋室帝王。正是：「空潭瀉春，古鏡照神，體素儲潔，乘月返真。」

【一】

人間的苦痛；哪裡去找療方？
現世的濁溷，哪裡去尋空明？
到哪裡才能看到
火中的鳳凰、雪裡的蓮花，

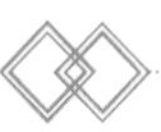

聽到清溪魚躍時
騰騰而起的鐘響？
——啊，蒼茫大江上，
莫忘文學之舟楫，指引方向！

【二】

笠篌的調子越來越淒沉，
異地的歌聲越來越悲楚，
煞像是無來由的漫漫荒雨，
逗弄著心頭
沙啞不成調的鄉愁。
狐狸有穴，飛鳥有巢；

海山蒼蒼

「亂石崩雲，驚濤裂岸，捲起千堆雪，江山如畫，一時多少豪傑？」在王朝專制的漫漫長夜中，起自鄉野民間、飽蘊生命活力，而堅持保有最低限度人性尊嚴的豪傑之士，不但與無限膨脹的帝王權力、朝廷體制，發生直接的牴觸；而且也對正統文人學士的基本觀念，形成了強烈的挑戰。所以，他們的歷史命運，往往是最悲慘的。但中國從來不是一個缺乏抗爭意識與人性尊嚴的民族，於是嚮往著人間正義的豪傑之士，仍然經常活躍於歷史的夜空中，為如詩如畫的中華江山，加添了幾許元氣淋漓的粗獷色調與筆觸。

尤其，久歷憂患的民間社會，對於草莽英雄在官逼民反的無奈處境中，終於揭起「為民請命」的旗幟，一步步走向亡命旅程的悲劇遭際，往往在內心深處，懷有最深沉、最幽微的哀矜與同情。而在異族入侵，中原板蕩的時代裏，正統王朝顢頇昏瞶、無力衛國的事實，昭然若揭，這些積澱於民間傳聞中的草澤英雄，往往會成為維繫光復希望於不墜的一線星光，一簇篝火。

《水滸傳》能夠在中國民俗文學中煥發出氣勢磅礴、光燄奪目的異采，除了最後完成纂輯的作者施耐庵確有奇倔過人的文學才情之外，長期積澱在民俗傳說中種種相關的草澤事蹟、英雄掌故、人物造型，也實在為這一部具有史詩般浩蕩衝擊力量的叛逆英雄傳奇，提供了彌足珍貴的背景與素材。

「逼上梁山」的諸般情節，歷歷如繪地刻畫了淳樸善良的民間豪傑，如何會走向與王朝體制抗爭的宿命悲劇，其實，正不啻反映了民

俗文學觀點對正統歷史觀點的一種反諷。倘若沒有蔡京、蔡攸、童貫、高俅等權臣的巧取豪奪，草菅人命，如何可能逼使原先一意要過正常人的生活，甚至一意忠於大宋皇室，打算「一刀一槍，搏命在邊關上圖個出身」的水滸人物，逐步走上了淪落草莽、沾滿血跡的不歸路？

在宋史《徽宗本紀》、《侯蒙傳》、《張叔夜傳》中，都不過寥寥百餘字，甚至十數字的記載，在民俗文學中卻可以衍發為史詩般波瀾壯闊的動人事蹟，到處充滿了人性掙扎與體制迫壓的斑斑印痕。而正是在這種迫壓與掙扎的交互纏結中，水滸英雄原始的生命力量，反而形成了對文明社會的一種威脅。魯智深倒拔垂楊柳，豹子頭火燒草料場，武行者血濺鴛鴦樓，細細看去，都不啻是在層層魅影、重重圈套之中原始的生命力量之反撲，甚至是素樸的正義報復之迸現。

然而，加上一個「自幼曾攻經史，長成亦有權謀」的領袖宋

江，作為串連這些叛逆英雄的樞紐人物，江湖義氣與忠君觀念，便產生了盤根錯節的複雜關係。宋江的個人魅力，將草莽的亡命生涯，凝聚成一股不可輕侮的集體力量，但宋江的政治理想，卻也將水滸羣豪帶進了無可逆轉的悲劇歷程。

其實，自從歷史進入到社會分工、文明演化的階段之後，真正能夠體現所謂「素樸的正義理想」的烏托邦，如「替天行道」的梁山泊，便根本不可能在人間大地上長久存在，因此，梁山泊的締造與幻滅，應是自始即已註定的悲劇。然而，至少在民俗心靈的想像中，曾經有這許多元氣淋漓的豪勇人物，縱橫睥睨於長夜漫漫的歷史夾縫裏，卻畢竟是極值得珍惜和呵護的回憶，因為他們所代表的生命力與抗爭意識，正如：「天風浪浪，海山蒼蒼，真力彌滿，萬象在旁。」

【一】

當深院裏
一朵閒花無言落下，
當野寺中
一縷清磬被老僧敲起，
當穹蒼下
一聲斷喝隨著遊俠清冷的劍尖遞出……。
文學，是一朵閒花，一縷清磬，和
那一聲斷喝。

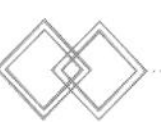

【二】

走過山，走過雲，

走過歲月，走過寂寥。

走過生活，

在時間金鈴敲擊的一遞遞清響裏；

走過文學，

在歷史黃卷掀動的一頁頁波瀾裏。

【三】

千里外我一聲長嘯

你在聽還是你在嘯？

還是因為了解而暗暗地笑？

鳳凰台下一根玉笛
是我作萬里橫流的雄姿
妳以為我會忘記
妳竟以為我會忘記！

如見道心

「秦時明月漢時關，萬里長征人未還。」在骨橫朔野，魂逐飛蓬的酷烈拚鬥之中，接受朝廷招安的水滸好漢，為大宋王朝立下了拒遼軍、征田虎、平王慶、討方臘等轉戰千里的耀目功勳，然而，除了絕大多數水滸勇士已在戰場上「歿於王事」之外，以宋江為首的倖存人物，仍不免遭到朝廷斬草除根的毒手。姑不論歷史上有關水滸好漢接受招安的片段記載，究竟是否確鑿，至少在民俗文學的舖敘中，他們如果在與文明社會的抗爭之中曾犯下罪孽的話，也已以自己的鮮血與生命，清滌了當年「橫行河朔，轉掠十郡」的罪孽。

水滸一百零八好漢基於江湖義氣所造成的結合，本來，代表了一股追尋素樸正義理想的意志力量，水滸的神話結構，無形中正彰顯了這股意志力量的浩蕩和危險。然而，代表文明社會正常秩序的價值觀念，則形成了另一股冥冥牽引的誘惑力量，對於亡命江湖，但卻心繫家國的正直人物，也自有其不可抗拒的吸引作用。

表面上，水滸群雄終於放棄了與朝廷抗爭的目標，是因為宋江極力堅持接受招安，而餘人都能顧全「忠義堂」上結義交情的緣故，但事實上，則可視為文明秩序的力量，逐漸壓倒了原始正義的力量，並將原始正義的力量吸納到既成的體制規範之中。然而，正因為這兩種力量，基本上是矛盾而互斥的，所以，誠如台大樂蘅軍教授在研究水滸的著名論文「水滸的悲劇嘲弄」中所指出的：從接受招安的那一天起，水滸好漢便踏入了悲劇嘲弄的歷程之中，而逐步走向理想與生命同歸幻滅的命運了。

為朝廷抵抗遼軍，猶可說是英雄衛國的行徑，然而，在朝廷權奸播弄之下，水滸好漢不得不征討本質上與自身一樣，為反抗虐政而崛起民間的田虎、王慶、方臘，便分明是悲劇嘲弄的情景了。

討平方臘之役，張順戰死，宋江驚夢，死生交情感人至深；隨即智深坐化，武松斷臂，噩運接踵而至，終於回程時，水滸群豪傷亡逾半，英雄豪夢倏然幻滅。宋江等餘眾強抑悲懷向朝廷陛見，水滸作者有一段最蒼涼的描寫：「……東京百姓看時，此是第三番朝見。想這宋江等初受招安，卻奉聖旨，都穿御賜的紅綠錦襖子，懸掛金銀牌面，入城朝見。破大遼之後，回京師時，天子宣令，都是被袍掛甲，戎裝入城朝見。今番太平回朝，天子持命文扮，卻是樸頭公服，入城朝覲。東京百姓看了，只剩得這幾個回來，眾皆嗟嘆不已。」民間百姓的「嗟嘆」，正是水滸好漢悲劇嘲弄的寫照：原始的正義力量，在文明的體制力量之前，竟是如此的稚拙和難堪。

然而，水滸好漢的悲劇命運，猶不止於此。方臘既平，兔死狗烹，高高在上操縱生殺大權的帝王與權奸，豈能容許宋江、盧俊義等人繼續存在？當致命的藥酒送達之後，宋江為恐李逵激於義憤，復起反抗，所以召他同死，李逵也甘心相從宋江於地下，當時，宋江兀自叮嚀：「今日朝廷賜死無辜，寧可朝廷負我，我忠心不負朝廷！」

宋江死葬楚州城外的蓼兒洼，其地地形酷似梁山泊，隨後，花榮、吳用也在宋江的墓前雙雙自盡，以踐「同生共死」之約。在命運的悲劇嘲弄之下，梁山泊畢竟體現了它的江湖義氣，可是，直道而行的原始正義理想，卻只有在民俗傳說之中，留待後世有心人的憑弔了。

正是：「**取語甚直，計思匪深，忽逢幽人，如見道心。**」

【一】

要衝出去到了蒙古飛砂的平原
妳要我留住時間
我說連空間都是殘忍的
我要去那兒找我的兄弟
因為他是我的豪壯
因為他是我的寂寞

【二】

而水聲更近，我望不到天涯
在此訣別，紅顏知音
那在雁蕩山上飛躍的君子

那燭光中仍獨守清芬的秀容
幾時才在明月天山間
我化成大海　你化成清風
我們再守一守
那錦繡的神州……

【三】
古典比古道更遙遠
在城市裏望夕陽
忽然驚覺馬鳴風蕭蕭
那一去不復還的壯士
姓甚名誰，天下只有你我二人共知

人間清鐘

「幽怨從前何處訴，鐵馬金戈，青塚黃昏路，一往情深深幾許？」雖然，無論在歷史上、或是在現實上，梁山泊所代表的那種原始而素樸的正義力量，都不可避免地會被文明的體制力量所吞噬，因此，水滸好漢如流星一般掠過歷史的夜空，所留下的只不過是深沉的悲劇嘲弄而已。可是，在民俗文學的想像領域裏，代表素樸正義理想的狂飆人物，永遠是一種振奮和撫慰人們心靈的生命力量，所以，劫後孑遺的水滸人物，仍有揭地掀天的英雄事蹟，流傳於文學作品之中。

梁山泊在宋室帝王及權奸的播弄與迫害之中，歸於幻滅，但宋江

等首領人物負屈而死之後，宋朝江山隨即也發生了全面傾頹的驚人鉅變。金國入侵，汴京淪陷，徽欽二帝被俘北去，中原各地刀兵四起。於是，歷史的發展似乎已為沉冤莫白的水滸好漢，施行了無形的正義報復。

以混江龍李俊與浪子燕青為主的梁山泊劫後英雄三十二人，加上《水滸傳》中原就與山寨聲息相通的江湖豪傑王進、欒廷玉、扈成，及水滸人物的後裔如呼延鈺、徐晟，在明代的民俗文學作家陳忱筆下，復活了元氣淋漓的水滸精神。所謂「事有湊巧，緣有偶然，機括一動，輻輳聯合」，在招安的悲劇演出之後，已經流散各地的水滸人物，居然能夠循著三條主線的交叉推進，而重新凝聚為一體，當然只是文學技巧的苦心運用。然而，這苦心運用的背後，卻也明顯反映了民間、社會的「潛意識」中，對水滸人物的命運之無限關懷和呵護。

國變之後，當初迫害水滸好漢的權臣卿相，狼奔豕突，只顧自己

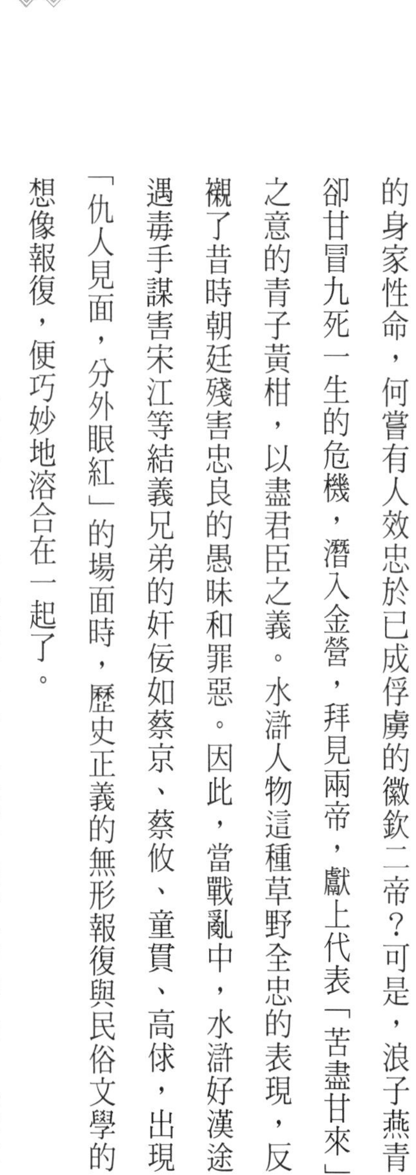

的身家性命，何嘗有人效忠於已成俘虜的徽欽二帝？可是，浪子燕青卻甘冒九死一生的危機，潛入金營，拜見兩帝，獻上代表「苦盡甘來」之意的青子黃柑，以盡君臣之義。水滸人物這種草野全忠的表現，反襯了昔時朝廷殘害忠良的愚昧和罪惡。因此，當戰亂中，水滸好漢途遇毒手謀害宋江等結義兄弟的奸佞如蔡京、蔡攸、童貫、高俅，出現「仇人見面，分外眼紅」的場面時，歷史正義的無形報復與民俗文學的想像報復，便巧妙地溶合在一起了。

在中國民俗文學中，「虬髯客」一直是撩人遐思的作品；虬髯客不願與李世民爭奪天下，苦害生民，所以飄然而去，開國海外，這其中，蘊涵了「道不行，乘桴浮於海」的志節與狷介，也蘊涵了原始的正義理想，無法與文明的王朝體制和諧相容的無奈和寂寞。民俗文學作家最後讓劫禍餘生的水滸好漢，在盡義全忠、恩仇俱了的情形下，乘風破浪，遠離中土，於海外的暹邏另行開拓了一片嶄新的天

地，不啻是虬髯客傳奇的後代翻版。

然而，家國之思，忠義之情，卻仍永遠烙印在這些繼承宋江遺志的水滸人物內心之中。所以，他們在牡蠣灘捨命救駕，於金兵圍攻中解除了宋高宗的危難；他們甚至為了追憶昔日情懷而潛返臨安，「武行者僧房話舊」的情節，令人緬懷當年水滸全盛時代，肝膽相照、笑傲江湖之豪壯之氣。

然而，僧院的鐘聲，遠航的帆影，畢竟標示了水滸時代已在歷史的夜空中落幕。正是：「月出東斗，好風相從，太華夜碧，人聞清鐘。」

【一】

逕自在江上靜泊

從這兒望過去的萬家燈火，無不落拓

千年萬載的潮，淚光紛飛的浪，湧來湧來
昔年岸上急馳而過的是五陵年少
悠悠遊遊長袍古袖而時正中秋
在天暮未暮日落未落的時候
你看你看，這像不像個壯麗的朝代？

【二】

最後還是看那邊塞西風冷的斜陽吧
那悲哀的頭髗擱淺在山外
那個人曾經傲笑過三山五嶽
不留行於五湖四海
而我曾深烈地愛過

就讓我沉沒吧
再浮現時
又是另一次璀璨的圓！

豪野之葉

之子遠行

「南渡君臣輕社稷，中原父老望旌旗，英雄已死嗟何及？天下中分遂不支！」秋陽似血的西湖殘照之下，岳鄂王墓靜靜地聳峙於水光山色的懷抱裏，但卻兀然有雄倔崢嶸之態，彷彿在為天下後世的中國人，承擔那千古奇冤的悲劇命運；也彷彿在向所有迫害忠臣烈士的歷史當權人物，展示中國人不屈不撓的永恆愛國意志。

出身貧窮農家的岳飛，以他震古鑠今的英勇氣概與軍事天才，崛起於國破兵敗的離亂歲月，成為中洲淪陷，宋室南渡之後的擎天一柱，正是中國民間英雄自發性愛國禦侮表現的典型。當金兀朮另率北

國鐵騎大舉南犯時，以「泥王渡康王」的政治神話，徼倖在臨安建立南宋王朝的高宗，其實既缺乏抗金的意志，也談不上抗金的實力。若不是岳飛組織義勇軍單獨作戰，而名將韓世忠也在鎮江附近的黃天蕩截擊獲勝，南宋王朝極可能早已灰飛煙滅。

金兵北歸之際，岳飛居然以微薄的軍力，主動邀擊，屢戰屢勝，克復了江南戰略要地的建康城，從此使金兀朮不敢輕視南宋的將領，無怪乎立時名震天下。但岳飛能夠成為中原豪傑心目中的抗金象徵，猶不僅因為他的「岳家軍」在戰場上所創造的奇蹟，而更因為岳家軍是所有接受南宋朝廷節制的軍隊之中，軍紀最嚴而從不擾民的一支部隊。金人所謂「撼山易，撼岳家軍難」的評價，除了指戰場上岳飛部隊屹立不撓的勇銳外，還足可看出岳飛部隊深受民眾愛戴、根柢探植於民間的事實。

不僅如此，岳飛更是北方敵後抗金義軍的精神領袖，他的事蹟

已成為中原終將光復的希望所繫。因此，當金兀朮二次南下，企圖以精銳的鐵塔軍與拐子馬壓制岳飛的氣勢，結果卻被岳家軍大敗於朱仙鎮之時，河北義軍紛起抗金，金朝後方深受威脅，抗金形勢已到了空前有利的時刻。當時，岳飛發出「直搗黃龍，始與諸君痛飲耳！」的豪語，因為他深知縱使朝廷不敢發兵相助，但在河北義軍奮起協助下，岳家軍仍有獨力收復河山的勝算。

「將軍百戰聲名裂，向河梁，回頭萬里，故人長絕。易水蕭蕭西風冷，滿座衣冠似雪，正壯士悲歌未徹！」在城府深沉的陰謀家趙構與早已投降金國的奸細秦檜傾力設計的羅網中，十二道金牌粉碎了岳飛「還我河山」的壯志。身為南宋偏安之主的趙構，寧可向金國屈服，也不願迎接徽欽二帝南返，所以縱使沒有秦檜、萬卨俟等權奸的羅織誣罔，風波亭的千古奇冤，仍然是無法避免的。岳飛在面對「莫須有」的罪名構陷時，曾提筆在獄案上寫了八個大字：「天日昭昭！天

日昭昭！」當然，畢生只知精忠報國的岳飛卻不知道：當時的南宋朝廷，最希望的卻正是暗無天日，以便向天下所世，掩蓋他們蓄意謀害國家柱石的滔天罪雲。

然而，岳飛所期待的天日昭昭，畢竟存在於民間社會每一個善良正直的人民心中，所以，岳飛父子所遭遇的千古奇冤，不待後來朝廷平反，立即成為流傳不絕的民間話題。而由於岳飛的冤案實在過於悲慘，正直善良的民間心理，無法承受這種直接刺入靈魂深處的震撼，所以，在民俗文學的作品中，甚至出現了大鵬金翅與赤鬚毒龍的宿命冤孽等神話結構，以肯定岳飛的精神不死，並詮釋岳飛的悲劇命運。

將活生生的歷史人物神話化，將岳飛想像為展翅飛去的天上鵬鳥，恰代表了中國民俗社會對岳飛的深情，正是：「鴻雁不來，之子遠行，所思不遠，若為平生。」

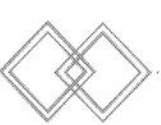

【一】

青山亂疊的書中，
如何拓展處世的眼界？
紅豆相思的燈下，
如何加深做人的情懷？
除了專職專技用以印證
今生的才志、出身和學習，
問你：還將以什麼
襯映心中
永世的境界、理想和嚮往？

【二】

而人過二十，尚未復國
我一首滿江紅人都流淚
北去大漠戈壁，尋找我那
突厥古碑旁鎮守的兄弟！
我和他在一起，我要那胡兒
百侵不入那臨漢水的襄陽！

【三】

世人各相遺
留我兩崑崙
王已經是棄我的王

當十二面金牌令下
我是愴愴惶惶地領死
還是填賀蘭山缺以骨力萬鈞的筆鋒？
涼風自天末緩緩刺繡
那麼自然的流水宛若情懷

大風捲水

「五國風霜慘不支，崖山波濤浩無涯，當年國勢凌遲甚，爭怪諸賢唱攘夷？」王國維的詠史詩，對於南宋種種偏安逸樂的情事、主懦臣怯的表現，乃至苟延殘喘的演變，一概略而不論，獨獨著筆於崖山海域南宋亡國的最後一幕，可見在熟悉中國歷史的知識分子心目中，文天祥、張世傑、陸秀夫等宋朝遺臣的孤忠志節，壯烈行徑，確是感人至深的一幕悲劇。

從南宋王朝的具體作為來看，其實不配擁有如此壯美絕倫扣人心弦的結局。一代英雄岳飛屈死於風波亭之後，宋高宗在秦檜的策畫

下，與金國訂立了形同賣國投降的「紹興和議」，根本放棄中原豪傑「還我河山」的血誓，而一意度其「直把杭州做汴州」的荒唐帝王生涯。從此之後，偏安江南的心態，普遍瀰漫於南宋王朝的君臣之間。

然而，賣國苟安的條約，只換得了不到二十年的和平。當金主完顏亮發出「萬里車書盡混同，江南豈有別疆封？」的挑戰豪語，統率六十萬水陸大軍，浩蕩東來，準備強渡長江，直薄臨安的時刻，能夠再創岳飛抗金奇蹟的人物，竟是久遭朝廷排擠和漠視的中級將領虞允文。采石磯之戰使完顏亮雄圖幻滅，甚至首領不保；也使南宋王朝轉危為安。然而，虞允文日後的投閒置散，悒鬱以歿，也明確畫定了南宋政治上永無進取意志的偏安格局。

當成吉思汗崛起漠北、雄霸塞外之時，南宋朝廷猶只知慶幸於金國遭逢勁敵，而渾不知曠古所無的歷史風暴，已在迅速醞釀之中。宋理宗決定聯合蒙古夾擊金國，並不是真有趁機匡復北方、湔雪國恥的

雄心，而是受迫於民間忠義之士的呼籲。然而，本無戰鬥意志的朝廷軍隊，在聯元擊金的過程中，卻為志在橫掃六合的蒙古諸將覷盡虛實，所以，歌功頌德的大臣猶在向宋理宗遍進諛詞之時，蒙古鐵騎便已壓境而來。

每到國家遭逢外敵欺凌的關鍵時期，中國民間自發性的抗敵行動，便勃然而興。已在歐亞兩洲滅國無數，所向無敵的蒙古大軍，竟然圍攻襄陽十餘年，而猶不能越雷池一步，大汗蒙哥甚至因督戰而殞歿於四川合州的攻城之戰，可見南宋軍民並不是沒有捍衛家國的決心與能力。然而，從秦檜、韓侂胄，到史彌遠、賈似道，南宋朝廷始終為私心自用的權奸所操縱把持，抗元軍民的愛國鮮血，終於還是阻擋不了山河破碎的命運。

曾經縱情聲色、不問世事的文天祥，當山河破碎的關頭，卻奮然躍起，大節凜然，為南宋王朝寫下了無比英勇和壯烈的最後篇章。幾

次面臨尊榮富貴與立即死亡之間的選擇，文天祥在「讀聖賢書、所學何事？」的深刻反省下，都表現了令敵人與漢奸同感赧然的堅毅意志。一篇「正氣歌」，寫盡了文天祥皎若明月的高潔志節，也寫盡了中華兒女不屈不撓的愛國情操。

於是，在文天祥的精神感召下，張世傑、陸秀夫，以及無數布衣青衿的民間英豪，在蒙古鐵騎之前，奮起抗爭，直到崖山兵敗、全體殉國為止。從此，中國陷入到另一個黑暗時代，正是：「大風捲水，林木為摧，意苦若死，招憩不來。」

一個個的文明興起，
一個個的文明沒落，
花閉花謝，燕去燕來，

澎湃的潮汐淘盡了古今的豪傑，
人類的故事是否亙古不變？

行氣如虹

「黑水金山啟霸圖，長驅遠蹠世間無，至今碧眼黃鬚客，猶自驚魂說拔都！」從漠北風沙中名不見經傳的斡難河畔，所崛起的蒙古族鐵木真部落，幾乎在並世列國都未留意警惕的情勢下，倏忽之間，便發展成瀰天捲地而來的歷史風暴。

事實上，當成吉思汗統一蒙古各族，將他的九族大纛在杭愛山麓的和林高高豎起，而他的大汗金帳也開始在中亞沙漠上閃閃生光的時候，環顧當時地球上東西兩大世界的各個文明社會，已經沒有一國，可以在軍事上與蒙古鐵騎相抗衡了。於是，蒙古鐵騎如飆風驟雨

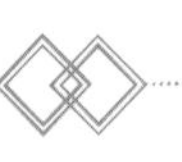

一般橫掃整個歐亞大陸，形成了人類史上前所未見的暴烈景觀。

自古以來，游牧民族的價值觀念與生命態度，即和農業民族大相逕庭。然而，蒙古騎兵在戰場上的驃悍、迅猛、淩厲、殘酷，卻使曾經長期與游牧民族周旋的東西各大文明社會，都震懾於金帳汗國的兵威之下。大纛西指，成吉思汗的軍隊深入中西內陸，征服花剌子模，掃蕩高加索區，越過欽察草原，直抵伏加爾河。到了拔都西征之時，更縱橫歐陸腹地，席捲了俄羅斯全境，殲滅日耳曼聯軍，直逼地中海畔的威尼斯城。繼而大汗蒙哥也征服回教世界，消滅黑衣大食，完成亙古最大的霸業。在西方人眼中，蒙古人恰似雷霆萬鈞的「上帝之鞭」，捶撻著已經衰朽枯萎的人間大地。

征服中國全境的元祖忽必烈，是蒙古繼成吉思汗之後又一個出類拔萃的英主名王。然而他在中土所施行的種族歧視與分化政策，卻種下了元朝享祚不久的遠因。在馬可波羅筆下，遍地奇珍異寶、繁榮至

於極點的元代社會，雖有外圍四大汗國的拱衛，以及舉世最大軍力的駐守，仍是在不旋踵之間，即面臨冰消瓦解的命運，正是由於出身游牧民族的元朝帝王，低估了漢人反抗高壓統治、力爭人格尊嚴的自主意志。

由於中原與江南的富裕，君臨城內的元室貴族迅速趨於腐化。元代後期，宮廷生活的荒淫離奇，後宮美女的爭寵弄權，親貴大臣的昏聵無能，密宗喇嘛的譸張為幻，在在都到了匪夷所思的地步。然而，元室君臣對中原民族的壓迫與榨取，卻日甚一日，因此，一旦抗元的火種在鐵蹄踐踏過的土地上公然燃起，轉瞬之間，便蔓延成為燎原的烈燄。

「莫道石人一隻眼，挑動黃河天下反！」石人是不會動怒的，可是，不甘長期屈服於種族歧視與高壓統治的民間豪傑，卻利用黃河決口的時機，展開了全面抗元的奮鬥。在明教義軍與紅巾義軍的壯烈起

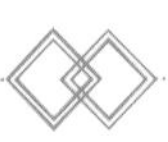

事下，軍威凌蓋全球的大元帝國，竟然先從它帝都本部所在的中國境內，開始崩潰，距它入主中原，不過八十九年，實在堪稱是一種歷史的反諷。所以在民俗文學的描寫裏，元朝往往是一個罪惡的時代。

當然，在中國歷史上，元朝不過是一個「其興也暴，其亡也速」的短暫王朝。然而，在人類歷史上，蒙古鐵騎所締造的軍事奇蹟，卻仍是文明社會所難以理解的永恆之謎。對於文明社會而言，蒙古鐵騎那種飆風驟雨一般的狂猛力量，其豪暢恣縱處，正如：「行神如空，行氣如虹，巫峽千尋，走雲連風。」

【一】

在風雲際會的邊疆
只有飛砂長騁才有真實的感覺

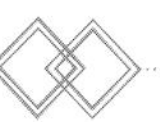

年少時奔行大漢
喜歡風砂迎擊你的胸膛
敞開衣襟，將一整個天地攬入懷中。

【二】

天灰濛濛，所有的聲音
都像是傳自對岸最荒蕪的沙灘上
曾經在大海怒期湧上岸來的前一刻
有人在斷柯處處的白色沙灘上
緊緊追問一行足印
是誰遺留下它們呢？
莫不是那虎一般的漢子來了？

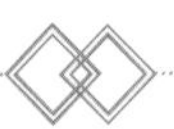

【三】

所有的笙歌琴音
收束於一個指勢，
而繁華只剩空夜裏的上弦。
歌徧陽春之後，你的知音
再給你一次熱切的掌聲，
下一曲呢？
依稀，生命到達了彼岸，
你收起弦琴，站起，
深深一揖：「我倦欲眠君可去。」

幽鳥相逐

「白羽玉霜出塞寒，胡烽不斷接長安；城頭一片西山月，多少征人馬上看？」當元順帝已經無法鎮壓風起雲湧的抗元義軍之時，君臨中土的蒙古勢力終於開始退潮了。而隨著蒙古勢力的退潮，中國歷史又走回到羣雄並立，逐鹿天下的朝代循環之中。

元末明初是中國歷史上第四波英雄時代。然而不論與戰國時代、三國時代，或與隋末唐初相較，這一波的英雄時代，在氣勢與格局上，都無法與前三波相提並論。事實上，這是一個被出賣了的英雄時代。

無數布衣英豪在反抗暴政、還我河山的呼聲中，崛起於鄉野

民間，一心嚮往干戈擾攘，烈火翻騰之後，能夠在中國的河山大地上，建立起一個單純而正義的政治秩序。然而，在征伐與傾軋的歲月中，深諳權術的陰謀家，永遠比赤膽直腸的革命者，更能發揮主導全局的魅力。於是，當明教義軍與紅巾義軍中的各路反元領袖，正在與蒙古鐵騎進行捨死忘生的戰鬥之時，未來的極權帝王朱元璋，已經悄悄地將自己的勢力，從淮泗擴展至江漢，做好了混一宇內的準備。

由於官修的正史永遠操控在王朝當權者的手中，「成王敗寇」已經儼然成為中國歷史的鐵律，所以，出身游方僧人的朱元璋，也就儼然是「天縱英明」的開國雄主了。然而，在若隱若現的歷史夾縫裏，在繪聲繪影的民俗傳說中，人們還是可以察識出一些沉哀積憤的暗影，趁反元英雄郭子興病危，篡奪了紅巾義軍西路領袖地位的朱元璋，雖然因表面上禮賢下士，豁達重義，而成為一時物望之所歸。然而，在自己勢力鞏固之後，立即襲殺紅巾義軍名分上的共主「小明王」

韓林兒，卻已透顯了為爭權力而不擇手段的狠戾本性。所以，明朝定鼎以後，開國英雄與有功諸臣逐一慘遭誅戮，幾乎無一倖免，並不是過分令人意外的發展。

曾經縱橫天下的蒙古鐵騎，既在中國境內各路反元武力的長期抗爭之下，漸趨衰敗，朱元璋麾下的新銳軍團，便呈現一枝獨秀之勢。鄱陽湖擊滅陳友諒後，繼之以姑蘇城圍攻張士誠，朱元璋當初採納「高築牆，廣積糧，緩稱王」的謀略，證明他確是王霸之術的操控者，席捲域內的形勢已成。他所創建的王朝，雖以明教的「明」字作為國號，但事實上，在他正式出師北伐的時刻，明教羣雄早已被他消滅殆盡了。

可是，陰謀家的韜略，並不能掩蓋革命者的事蹟。明朝開國英雄如徐達、常遇春、湯和、沐英、胡大海、鄧愈等人，都是昂藏挺立、英勇絕倫的愛國志士，他們奮起抗元，千里轉戰，為天下人解除元末暴政的桎梏，所以，遺澤長在民間，成為民俗文學中的傳奇人

物。雖然，在明太祖有計畫地壓制與迫害之下，他們只是黑暗的歷史長空中短暫閃現的一簇微芒，不旋踵之間便被森嚴苛酷的王朝體制所吞噬，徒然留給後代人民以無盡的感嘆而已，然而，也正因為有這些綻放純樸的生命之光的英雄人物存在，那個時代才會令人產生一種貞下起元、苦盡甘來的錯覺，以為天下太平的美好歲月，即將到來。正是：「**白雪初晴，幽鳥相逐，眠琴綠蔭，上有飛瀑。**」

【一】

有了民族，人類才有朝向永恆的可能性，
有了民族，人類才能無懼於
時間的殘酷吞噬和無情席捲。
花開花謝，春去春來，

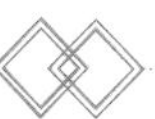

人世也許已經幾易滄桑，可是對於一個
經得起錘鍊與考驗的民族而言，
這千百年歲月，也許只不過是其
生命過程中一段小小的間奏曲而已。

【二】

在中國的河山大地上
成長起來的中國子民，
將如何揮開歷史的迷惘、
克服時代的悲劇、開拓自我的境界，
為人文走向的中國文化
重新造型呢？

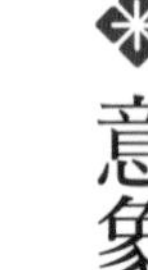

意象欲生

「嘗聞傾國與傾城，翻使周郎受重名，妻子豈應關大計？英雄無奈是多情。全家白骨成灰土，一代紅顏照汗青！」

在一個被出賣了的英雄時代之後，在中土群雄歷盡艱辛逐退蒙古鐵騎之際，巍然創建起來的大明王朝，最後卻因山海關總兵吳三桂自動引領清軍入關，而覆亡於女真鐵騎之下。表面看來，這種「衝冠一怒為紅顏」的亡國故事，未免有些跡近兒戲。但深層想去，明朝失國，皇室的遭遇，其實是中國歷史上王朝最悲慘，也最無奈的下場，這何嘗不正是一種歷史的反諷？

歷史的反諷，早在「靖難」之役，即已隱約浮現。明太祖立國之後，為了築固自己心目中萬代不移的帝業，不惜設立錦衣衛，進行恐怖統治，將為他出生入死的謀臣勇將，誅夷一空。於是，軍政權力全部集中於朱氏藩王手中。朱元璋屍骨未寒，自己的兒子燕王朱棣即與孫子建文皇帝展開了權力鬥爭。三年骨肉相殘的戰事之後，朱棣獲勝，建文出亡，新的殺戮又隨之而起。明成祖的狠戾與殘暴，與他天賦的雄才大略，交光互映。因此，他一方面出擊蒙古殘餘勢力的韃靼和瓦剌，甚至派遣鄭和七次下西洋，拓展帝國海上霸權，使明朝的聲威達到頂點；另一方面，卻也將明太祖留下的恐怖統治，推向空前的高峯，連皇室朱氏子弟本身，都終日生活在危懼與戰慄之中，隨時可能遭到不測的慘禍，至於疆吏朝臣，乃至平民百姓，在太祖、成祖及嗣後明朝諸帝眼中。更絕無人格尊嚴或人權保障之可言。

但錦衣衛、東廠、西廠等恐怖統治，縱然不斷延伸，卻也逐漸成

為宮闈鬥爭與太監弄權的工具，甚至成為對帝王權力本身的威脅。所以明朝的聲威在成祖之後，即已迅速淩替。

漠北土木堡一役，明英宗居然當場被瓦剌俘虜，足見恐怖統治已經削弱了明朝的國力根基。然而，耽溺於絕對權力與宮廷逸樂的明室諸帝，卻一逕執迷不悟，任令太監與廠衛，在中國的土地上倒行逆施。劉瑾之後，繼之以王振，再繼之以魏忠賢，朝廷的清議、民間的正氣，便在太監與廠衛的交相摧殘之下，一蹶不振。

「粉身碎骨都不怕，要留清白在人間」的一代忠臣于謙，曾經隻手挽救明朝的天下，卻在「奪門之變」英宗復辟後，慘遭滅族。而在魏忠賢的閹黨把持朝政時，楊漣、左光斗、周順昌等東林志士逐一入獄，那種碧血橫飛、體無完膚的慘況，曾令民間社會稍有人心的市井氓庶，都為之同聲一哭。可是，高高在上的熹宗皇帝，卻顯然置若罔聞。然後是熊廷弼的傳首九邊，袁崇煥的凌遲碎剮，在女真崛起於東

北之後，奮起衛國的民族英雄，卻由崇禎皇帝逐一親自施予毒手。似這樣剛愎顢頇的帝王，卻在李闖軍隊攻入北京，準備自縊於煤山之前，留下「任賊分裂朕屍，勿傷百姓一人」的虛矯遺言，豈不正是絕大的歷史反諷？

滿清軍隊入關之後，李闖固然一戰而敗，南明諸王，也迅速冰銷瓦解。「白骨青灰長艾蕭，桃花扇底送南朝」，由出賣明教群雄而締造起來的大明王牌，也終於在被吳三桂出賣之後，走完了它命定的悲慘結局。歷史的果報，思之令人恍惚若夢，正是：「是有真跡，如不可知，意象欲生，造化已奇。」

【一】

逕自注目於英俠人物那種蓬勃的生命、

淋漓的元氣、亢直的個性、特異的勇力，
那種力挽狂瀾的精神、那種一諾千金的信守、
以及那種「事了拂衣去，深藏身與名」的襟懷、
那種「縱死俠骨香，不慚世上英」的氣度，
我們不得不承認：
在他們那昂藏矗立的身軀之中，
確實有著不少超邁常人的特質與稟賦。

【二】

「朱絃一拂遺音在，卻是當時寂寞心」，
他們這種孤懷獨往的深心悲願，卻為
文化統緒增添了無數光輝奪目的正面資產，

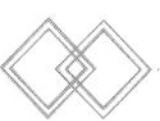

將中國的河山大地、人生哲理
推展到一個更開闊、
更深微的境界。

【三】

不但隱隱然把一代梟雄
那四顧蒼茫的心境，襯托得
歷歷如在眼前，
而且也於不自覺間，反映了
宇宙的浩渺與人生的短促、
塵世的歡愉與歷史的愴楚，
深得遠古詩人口傳創作的旨要。

【四】

曾經作過水龍吟的我，鼓息旗休

而今捧一杯酒，看回杯裏的從前

看完杯裏的從前，看盡杯裏的從前

燭花淚花，盡如浪花

水花水花，漾盡杯裏的從前

夜裏風中，招曳的燈籠

落絮之葉

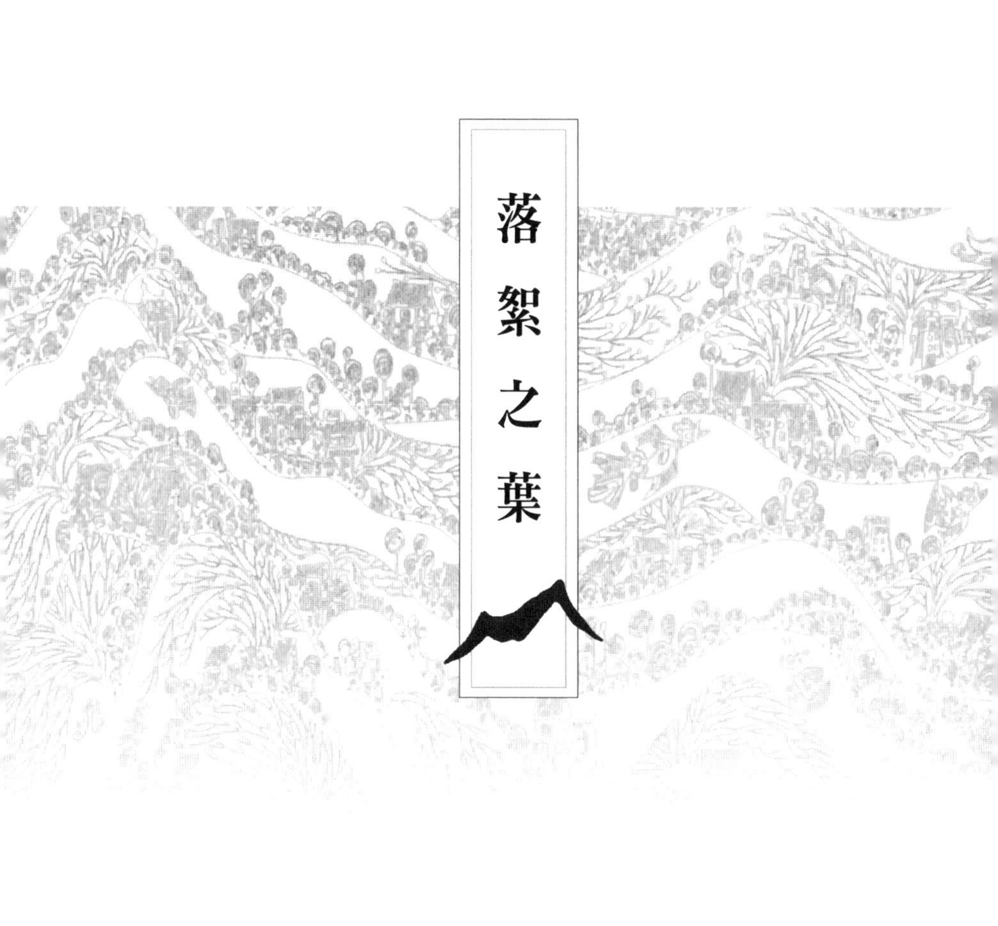

與古為新

「千尋古壘英雄盡，萬里長江日夜流，食蛤那知天下事？看花愁近最高樓。」在東北邊陲白山黑水間的廣大莽原上，逐漸凝聚茁壯的滿清部族，所以能夠表現出雷霆萬鈞的氣勢，在入關之後快速席捲了中原各地，並且西下川滇，東臨江寧，摧破南明殘餘的抵抗力量，與其歸因於八旗武力的剽悍精銳，不如歸因於明朝本身的腐敗枯朽。

躍馬邊關的傑出將領，如熊廷弼、孫承宗、袁崇煥，既或殺或貶，無一倖存，於是千尋故壘，英雄已盡，滿清以苦心經營的新生

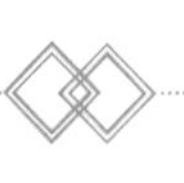

力量姿態，填補了中原漢族所留下的政治權力真空，也就是「勢所必至，理有固然」之事了。

明清之際的浴血戰事，由於在王朝權力之戰外，尚兼有文化理念與生活方式之爭的深遠意義，所以顯得特別慘烈。大勢已去的南明，居然能有孤忠炳耿的史可法，屢躓屢戰的張煌言、揚名東瀛的朱舜水，乃至崛起海上的鄭成功，為它寫下了悲壯雄渾的最後史頁，實在不能不說是一種異數。

經過揚州十日，嘉定三屠的示威與嚇阻策略，滿清終於在血泊中穩定了它的統治權力。薙髮令之後，文字獄接踵而至，但中國境內沸沸揚揚的反抗活動，直到康熙帝平定三藩之亂，猶自不絕如縷。可見一個王朝的建立，其間不知累積了多少沉澱在歷史底層的血痕與淚影。正因如此，在中國民俗文學的世界裏，這是一段天愁地慘的黑暗時代。

其實，清朝開國的雄主名將如努爾哈赤、皇太極、多爾袞，固

然都不失為創業人物，真正奠定大清國基的康熙，尤其是不出世的領袖人才。與中國歷史上任何英主明君相形之下，康熙都堪稱毫不遜色。正由於康熙深通為政之道，寬猛並濟，勤政愛民，六十一年的統治，為滿清開創了綿亙至整個十八世紀的太平盛世。然而，即使在這盛世中，雍正朝的酷烈政爭、乾隆朝的好大喜功，已在為中國最後一個專制王朝的沒落，揭開了序幕。

乾隆的所謂「十全武功」，無非是窮兵黷武的炫耀，表面上的宮廷豪華、仕女艷麗，到了權奸和珅橫徵暴斂之時，已經掩蓋不了江河日下的窘態。白蓮教的仆而復起，天地會的迅速發展，都曲折地反映了下層民眾對專制王朝的怨憤。

終於在皇親貴族尚沉酣於宮闈秘艷之時，「三千年未有之變局」來臨了。洽在中國國勢沉淪到最低潮，而當權人物無一具有國際眼光的時刻，中國卻面臨著已經發生工業革命，而進入到帝國主義時

代的西方強權勢力挑戰。因此鴉片戰爭對中西雙方，都是極不幸的事件，它暴露了中國社會的愚昧與孱弱，但也揭明了西方社會的貪婪與不義。

長達數千年的中國專制王朝歷史，終於走到了它的盡頭。揉雜著神權意識與正義理念的太平天國，雖只是曇花一現的歷史奇景，但平民革命與政體變更，卻已隨著中國可能慘遭西方列強瓜分的危機，而逐漸蔚為民間社會的主流理念。從公車上書、戊戌政變，到辛亥革命，清室遜位，中國的歷史判定了專制王朝必須消逝的命運。

但中國專制王朝的終結，並不是中國文化傳統的中止，尤其不是中國民間社會的斷裂。在革故鼎新的歷史變遷之中，中國人的形象與精神，豁然開朗。正是：「乘之愈往，識之愈真，如將不盡，與古為新。」

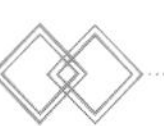

【一】

一個躍然重生的中國，
是否可能在千錘百鍊電閃雷轟之下，向中國的子民們
一步一步勉力締造出來呢？
「祇恐飛塵滄海滿，人間精衛知何限！」
我們不怕沒有那捨死忘生嘔心瀝血的志士，
只怕歷史的濃霧掩沒了我們的方向，
使我們忘卻了自己的面貌，
模糊了自己的立場。

【二】

個人的成就、表面的風光、一時的榮耀
若與那無垠無限的
時間之流相形之下，
簡直根本不值一提，惟有那
容納了無數血脈相連榮辱與共的人們、
而不斷在對外來挑戰作殊死回應的民族，
才是整個人類歷史的精華所在。

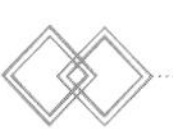

【三】

從邃古以降，中國民族
即是在困苦與憂患之中，逐漸掙扎生存下來的。
黃河流域是中國文化的搖籃，然而它
有的只是貧瘠的黃土、持續的水患，
就在這樣一個艱辛的環境下，
中國先民胼手胝足，披荊斬棘，
逐漸開拓了一個古樸的人文世界。

【四】

昨晨打開的淺降胭脂缸
才忘了蓋上，
今天的陽光就透過
淡碧窗紗灑進來，
在妝台前那方
銀硃挑繡帕子的描金花樣上，
閃出一鏡明黃……。
歲月就這樣緩緩流過去了。
只有文學，把那些陽光也
細細織成一方描金帕子，

落花無言

「白雲明月漾微瀾，空外秋聲落遠灘，燕子磯頭中夜起，一天星斗大江寒。」從中國近代史的發展脈絡來看，當以慈禧太后為首的滿清守舊勢力發動戊戌政變，摧毀百日維新的假象，造成康、梁逃亡海外，六君子死命刑場的結果之時，專制王朝的覆亡命運，其實即已註定。維新志士譚嗣同以血灑市街的壯烈事跡，印證了他在《仁學》一書對君主政體的判詞：「二千年來君臣一倫，尤為黑暗否塞，無復人理！」

所以，在本世紀初的海外論戰中，孫、黃的革命思想迅速普

及，康、梁的保皇論調日趨沒落，殆為必然的趨勢。「羽書一夕警江城」，武昌城內那倏然劃破歷史夜空的槍聲，不過是正式為專制王朝敲響了喪鐘而已。大江東去，帝王夢滅，曾經盛極一時的滿清帝國，到了遜位下野的時刻，也祇留下寡婦孤兒的淒涼場面，鮮明而生動地展示了專制王朝的末路。

當歷史的恩怨情仇逐漸塵埃落定之後，人們不免發現：滿清王朝從興盛到衰亡，其實正是數千年來，中國所有專制王朝歷史的一個縮影。與其他王朝相形之下，滿清統治者締造霸業的圖謀，開疆拓土的聲勢、文治武功的炫弄，並不遜色；而腐化覆亡的原因與過程，也幾乎如出一轍。事實上，若是從宮闈悲劇與兒女私情的角度看來，滿清統治者還往往表現出歷代帝王所罕見的、軟弱的人性色彩。而這正是民俗文學極感興趣的題材，甚至，有時在民俗文學的領域裏，那些叱咤風雲、一呼百諾的人間帝王，往往也不過是逃不脫命運播弄的傖夫

俗子，可哂亦可憫。

正統的史學家對宮闈秘聞雖然難下定論，但在民俗傳說之中，順治帝與董小宛的故事，即不啻是典型的帝王戀愛悲劇。富有四海的順治，連自己最心愛的戀人都無力維護，所以在董小宛死於宮禁之後，看破紅塵，出家為僧，永遠離開了宮廷政治，不失為一位多情的人物；較之他的叔父多爾袞，為了迷戀長嫂，不惜弒兄奪權，人品之高下，確實不可以道里計。但萬乘之尊也不能免於情欲之苦，亦於此可見一斑。

乾隆帝與香妃的故事，簡直有如順治與董小宛之戀的翻版。但風流自賞而其實格調低俗的乾隆，顯然只將人間絕色的香妃，視為珍奇愛寵的玩物，所以香妃慘死之後，竟無悲戚的表現。所以後來更有私暱馬佳氏的同型悲劇，「鬱鬱佳城，中有碧血」，與董小宛相較之下，香妃的命運，顯然更為悽慘。所以後來咸豐帝迷戀懿貴妃，而懿

貴妃一旦正位為慈禧太后，即以垂簾聽政的專橫作風，接收了滿清王朝兩百年的帝業，也種下了這一帝業永墮沉淪的種子，未始不可視為巧妙的歷史嘲謔。

而光緒帝與珍妃的悲劇戀情，正是這一歷史嘲謔的高潮所在。在慈禧太后的長期壓制之下，淡雅端麗的珍妃，已是有意革新自強的光緒帝精神上唯一的支柱。然而，戊戌禍起，瀛台落日，滿清變法維新的唯一希望，即隨譚嗣同的飲刀就義而歸於幻滅；連光緒帝生命中最後的愛戀對象珍妃，也在不久後庚子事變、兩宮西行的混亂時刻，由慈禧下令推入御井，埋骨塚香，結束了中國歷史上最後一幕帝王與美人的悲劇戀情。

而當光緒帝終於得知訊息之際，他心目中最美麗的形象，已經永遠消逝，恰如整個中國專制王朝的傳統，也即將永遠地消逝一樣。正是：「落花無言，人淡如菊；書之歲華，其曰可讀。」

【一】

古之舞者……輕矜可喜
究竟要等到什麼時候
才有風雨故人來的一日
此生他生？妳等還是我等？
我有無數的風情
都活在一次衣袂掠起之聲裏

【二】

有誰，傾聽過世紀以來
匍匐在地底深處的聲音？
有誰，瞥見過世紀以來

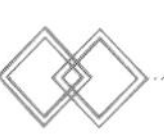

閃爍在彩虹頂端的光影？
有誰，觸及過世紀以來
流動在人心底層的神秘？
文學，在虛幻中建立另一種真實，
在真實中發掘另一種神秘。

【三】

露宿於草脈，蝶戀於花房，
露與蝶是草、花的冠冕。
至於人世重名，
那只是
「趙孟之所貴，趙孟能賤之」的履歷；

天賜予的玄端章甫，卻往往在於：
一片春陽、一座童堤、
一樁無法典當的姻緣、
一段不可變賣的文學。

【四】

雨落時凝視雨絲，
火起時先觀火苗。
在一切源頭，探萬物根性；
在現象背後，索事情真相。
在朕兆將萌未萌時，先得初機；
在意念將動未動之際，先辨其私。

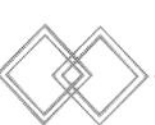

風行雨止，雲屯雷動，
讓自然說出生命的奧秘。

【五】

我此去別妳，妳淒豔一笑
我說箏彈未完就弦斷了
妳說本來能為我而斷
我說草原落日
妳說平沙萬里
古之悟者……忽然破土而起

遠引若至

「回思寒夜話明昌，相對南冠泣數行，猶有宣南溫夢寐，不堪灞上共興亡。」史學名家陳寅恪哀悼一代才人王國維的輓詞，低迴而沉痛地述說了辛亥革命的成果，被梟雄巨憝袁世凱一手篡竊之後，中國知識分子面對一波又一波禍亂相尋的動盪局面，直接感受到的無限悲涼之情。

孫中山的建國理想，不但未因民國成立、滿清遜位而獲得實現，反而由於袁世凱取得名位之後，公然糾合各省守舊勢力，冷血地殺戮革命黨人，而遭到空前酷烈的挑戰。

辛亥革命之後，短短一年之內，曾經滿懷民主憧憬、投身抗清運動的革命志士，鮮血又已經遍灑在神州大地之上，而這一次，殘殺志士的狠毒行徑，卻是在青天白日的旗幟下公然進行的。袁世凱的帝制野心，使辛亥革命竟然成為一次被出賣的革命。所以，當代表議會民主的宋教仁被刺殺於上海車站之後，濃雲密佈，山雨欲來，袁世凱圖窮匕現的猙獰面目，不再掩飾，二次革命已經勢在必行。

在中國歷史上，純真的建國理想與素樸的正義觀念，遭到野心家蹂躪或出賣的事例，層出不窮。但無論如何，袁世凱荼毒民國、出賣革命的行徑，畢竟表現得過於明目張膽，草率拙劣。所以，二次革命雖然在南北軍力過於懸殊的對比下，暫時煙消雲散，連肇造民國的孫中山本人，也不得不暫時逃亡海外，然而，袁世凱帝制自為的「登基」醜劇，也註定了將遭天下共棄的失敗命運。由萬千走在時代前面的仁人志士，以赤忱的熱血締造而成的中華民國，終於展現了它不可輕侮

的反制力量。

而曾經在戊戌政變中慘遭袁世凱出賣，以致發生六君子流血悲劇的立憲黨人，在袁世凱操縱的府會之爭中，猶幻想能與「政治強人」合作治國，二次革命後，卻又一次赤裸裸遭到出賣。於是，當洪憲帝制活動行將搬演，民國國體尊嚴受到威脅的時刻，「筆鋒常帶感情」的天才文豪梁啟超終於幡然覺醒，發表「異哉所謂國體問題者」的反袁名文。為了中華民國的千秋生存。立憲派與革命黨畢竟走上了同一條反袁救國的道路。

「自是佳人多穎悟，由來俠女出風塵」，風骨崢嶸的名將蔡松坡，利用粉紅知己小鳳仙的掩護，脫出袁世凱的監視，間關南下，高舉「護國軍」的義幟，終使袁世凱的帝王夢想，毀於一旦，這是後來民俗文學最樂於舖敘的戲劇性情節。事實上，與譸張為幻的袁世凱相形之下，出身風塵的小鳳仙，人格反而不知高尚了幾許倍數？

護國之役是為中華民國爭國格而戰的正義戰爭，在護國志士的眼中，國格與人格實在息息相關，不可分離，因此「所爭者，人格耳」。而梟雄袁世凱畢竟在全民唾棄的形勢下，被迫宣告退位，隨即暴病身亡，中華民國首次彰顯了它那不可輕侮的國格力量。

然而，洪憲帝制雖已冰銷瓦解，北洋軍閥卻又割據稱雄，孫中山高遠的建國理想，仍有如一顆不可觸及的晨星，正是：「遠引若至，臨之已非，少有道契，終與俗違。」

【一】

一切思念躍動，在時間中
孕育成形。
在意象以外，無言之言，

棲息在節奏之間，
等著說出生命的迸綻之愛。
而隱藏在絃律以外的回聲，
呼盪洶湧，
原生力量不斷擊撞，
成為風潮。

【二】

而中國曾經在
如此悠久的歷史長途上
領先過東西各個民族，曾經在
多少次內外交逼千鈞一髮的困境下

重行掙扎生存下來，曾經在
唐宋時表現過世界史上獨一無二的
第二度文化創造高潮，
像這樣一個民族，是否會在
短短兩百年的暫時落後之餘，
竟爾失去了自己存在的信心？

【三】

雖然中國是苦難的，歷史的憂患
曾在中國的大地上
鏤刻了數不盡的血印，
然而憂患之中

誕生成長的中國文化，
中國文化翼護下來的人文精神，
卻從來也沒有真正斷絕過，
它在中國先民的血液中奔流，
也在中國子民的心靈中映現。

【四】

受苦的人本來就沒有悲觀的權利，何況
撫著中國歷史上斑斑纍纍的創痕
細數過去，我們不能不承認，
自邃古至於如今，中國本就是
在無數的憂患與橫逆之中

掙扎成長起來的，而默默

承荷著中國的苦難的，本就是

一代一代純樸善良的中國先民們。

生者百歲

「酒醉不妨胡亂舞，花羞翻訝漢妝紅，誰知萬國同歡地，卻在山河破碎中。」人類歷史的發展和演進，似乎永遠呈現出一種曲折而迂迴的形態，絕不直截了當地邁向大多數人心靈中的理想目標。近代西方大思想家康德在他的歷史哲學名文「從全球觀點看普遍歷史之理念」中，即曾敏銳地指出：和平、人道、秩序、與法制，是人類永恆的政治理想，但這理想往往必須透過流血對抗、愚昧暴虐的洗禮，於千迴百折之後，才會達成，這就是所謂「理性的狡獪」（Cunning of Reason）。

中國歷史的發展和演進，似乎尤其如此。照理，辛亥革命成功，中華民國創立，萬千革命志士所追求的和平、人道、秩序、與法制，終於成為中國政治的主流，一切的流血對抗、愚昧暴虐，都應遠離中國大地而去。然而，歷史的進程，卻顯示出事實與理想之間，根本大相逕庭，冷酷的事實，粉碎了天真的理想。

從洪憲帝制到張勳復辟，一連串的政治醜劇，反映了野心政客翻雲覆雨的手段，也反映了開國氣象與建國理想的失落。護國之役甫告結束，指揮革命的黃克強與再造民國的蔡松坡，即已先後罹病溘逝，英雄命蹇，天下滄然。而掌握軍事實力的北洋巨頭，卻一一以擁兵割據的軍閥態勢出現，公然登上民國的政治舞台，使中國的土地上又平添了無數的鬥爭與殺戮。北洋時代所透顯的混亂與擾攘，儼然有如末世景象，與中國歷史上最昏暗的五代割據局面，形成離奇的對應。

以段祺瑞為首的皖系，以曹錕、吳佩孚為代表的直系，以張作霖

為代表的奉系，乃至後來以張宗昌為代表的魯系，以孫傳芳為代表的浙系，彼此之間固然恩怨糾結，經常兵戈相向，但憑恃手中所掌握的北洋軍力，作為予智自雄的政治資本，卻全無二致。在他們縱橫捭闔的時代裡，中國的河山明顯割裂，中國的人民欲哭無淚，而得意忘形的軍閥巨擘，在予取予求之後所表現的荒淫與貪婪，恐怕連五代時擁兵自肥的各路軍閥，都要自愧不如。

「五四」運動如沸如焚的愛國狂潮，不能影響親日的皖系軍閥顢頇誤國的愚行，但畢竟已為歷史新時代的來臨，作好了準備。

直皖戰爭與直奉戰爭，造就了直系大將吳佩孚的霸業。當他召集直系將領，大慶五十歲生辰之時，連名滿全國的學界耆宿康有為都撰聯賀壽，恭維他「牧野鷹揚，百歲功名才半紀；洛陽虎踞，八方風雨會中州」。可是，不旋踵之間，第二次直奉戰爭爆發，「鷹揚」「虎踞」的吳佩孚挽救不了直系軍閥的敗局，揮師入關的張作霖也收拾不了滿

目瘡痍的殘棋，北洋軍閥在十載擾攘之餘，終於走上了命定的末路。

歷史是狡獪的，軍閥時代的動亂和黑暗，逼向著一個為和平、人道、秩序、與法制而奮鬥的歷史新頁之出現。然而，在這歷史的曲折過程中，已有多少無辜民眾飽嘗了掙扎於生死線上的痛苦和艱辛？正是：「生者百歲，相去幾何？歡樂苦短，憂愁實多。」

【一】

在時間之流的考驗下，我們的民族
是否終究能證明它還擁有
豐盛的生命力與創造力呢？
多少個古老的民族，已經在
時潮沖激下一去不返，成為歷史的殘基。

我們的民族曾例外地
有過第二度的文化創造高潮，
如今是否還能顯現它
再一度越劫度險，披荊斬棘的壯舉呢？

【二】

有一點是無可置疑的：
倘若未來的中國子民，能夠在
重重憂患之中締造出任何嶄新的文化成就，
則這文化成就
必然仍是屬於中國的，具有
中國的風格與特質，具有

風日水濱

「西塞山前吹笛聲，曲終已過洛陽城。君能洗盡世間念，何處樓臺無月明？」縱看中國歷史的興衰隆替，在長期的混亂之後，復歸統一的發展「動線」，通常都沿著自北而南的走向，逐漸伸展，這是因為相對於長江以南而言，北方佔有高屋建瓴的戰略優勢。

起自淮泗的朱元璋能夠逆向而行，北逐蒙古，完成混一宇內的帝業，本來是唯一的例外。但這例外的發生，主要是由於元朝軍隊本已在北方起義豪傑的多方截擊之下，疲於奔命，喪失戰力。因此，崛起於南方黃埔一隅之地的國民革命軍，居然能夠在短短兩年的時間

內，勢如破竹，一路北伐，屢破北洋勁旅，克成統一大業，無論如何，堪稱是中國歷史上的一大奇蹟。正因如此，在現代中國的民俗傳說中，對於黃埔北伐的史蹟，猶自充滿了奮揚恣縱的想像；而身與其事的歷史見證者，更永遠忘懷不了這一段聲光燦然的回憶。

任何歷史奇蹟的背後，都有它一定程度的內在理路可循。表面看來，黃埔師生以五百枝步槍起家，於不旋踵間即已縱橫天下，浴血疆場，成為中國現代化軍隊的策源動力與核心主軸，開創了叱咤風雲的黃埔時代，誠然令人不可思議。然而，倘是體會到經過北洋軍閥的擾攘，五四運動的啟蒙，強權政治的迫害，代表革命理想的南方，已經成為全中國人心歸向的唯一選擇，也是新生一代精英人物投奔匯流的唯一目標，那麼，黃埔軍隊在北伐戰役中往往發揮出攻堅直入的銳氣，也就並不是絕對難以理解的現象了。從當時國際新聞媒體的報導看來，領導北伐的蔣總司令，已經成為全球矚目的傳奇人物。

但正在北伐軍事一往無前的光輝時刻，歷史的曲折變化與理性的狡獪嘲弄，又再次籠罩了中國的土地。試圖將國民革命扭轉為共產革命的「第三國際」，開始指使革命陣營的左翼激進勢力，進行暴動，而蘇聯當權者史大林也因與政敵托洛斯基鬥爭上的實際需要，改變了對中國革命的態度。於是，寧漢分裂導致了罄竹難書的流血慘劇，也造成了永難彌縫的歷史裂痕。「夢裏依稀慈母淚，城頭變幻大王旗」，中國知識青年的命運與政治風雲的變幻，居然受到遠在莫斯科的「第三國際」中人操縱播弄，豈不是最大的諷刺？

寧漢復合的結果，南方革命武力雖然勉力完成了北伐統一的歷史任務，並國共從此分道揚鑣，種下了長期內戰的禍因。而統一也終於只流為形式，軍事行動告一段落後的復員編遣會議猶未閉幕，新的戰爭陰雲又已告密佈於中國的天空。從空前劇烈的中原大戰，到震驚中外的西安事變，黃埔師生在曲折而迂迴的中國現代史上，負荷著一次

又一次的沈重壓力，也等待著與決心吞噬中國的日本軍閥，殊死一搏。

當歷史的漫天塵埃沉澱之後，或許，黃埔活躍奮勵的形象，將呈顯得分外清晰，因為它終竟是中國現代化軍隊的象徵，正是：「**碧桃滿樹，風日水濱，柳蔭路曲，流鶯比鄰。**」

【一】

於是一代復一代地，
創業垂統，前仆後繼，
人類文明的火炬
在虛無與黑暗的懸崖旁
照亮了一條甬道，相對於
永恆的時間而言，人類也開始

有了它自己朝向永恆的可能性

【二】

於是，以民族為安身立命的容器，
以文化為累進創發的基礎，
人類在時間的長流中，演出了
一幕又一幕驚天動地的戲劇，表現了
一波又一波人類文明的光芒，使得人類的生命
與時間相形之下，也有了它
不可抹煞的主觀意義、
與不易幻滅的客觀成就。

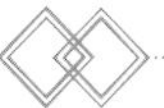

【三】

而所有這一切人世的脈動與變遷，似乎
全不曾在那時間的長流裏，激起太大的漣漪，時間
沉靜地接受了這一切，也殘酷地
吞噬了這一切，
然後，還是一樣從容不迫地向前淌去。

激湍之葉

天地與立

「殘破河山慘澹天，照人明月為誰妍？觀兵甲抉城門目，求藥空回海國船。」抗日戰爭是中國現代史上悲壯至極的一頁，上引史家陳寅恪的句子，正表述了這種河山殘破、全民玉碎的悲壯之情。

國與國之間的戰爭，往往容易激發偉大的文學作品之誕生。因為在戰爭的苦難與焚煉之中，集體的民族感情與個體的生命意志，同時發揮到淋漓盡致的極限境界，一旦經過沉靜的回味與反思，偉大的文學作品，即可能呼之欲出。

在近代史上，拿破崙侵俄促成了托爾斯泰的巨著《戰爭與和

平》，日俄戰爭也激發了《對馬》這部名作。第一次世界大戰之後，有雷馬克的《西線無戰事》及海明威的《戰地春夢》，第二次世界大戰更造就了沙特、卡繆、湯瑪斯曼等無數歐陸文學名家。

可是，中國的八年抗戰，卻迄今不曾結晶出一部不朽的文學傑作，浴血山河的抗戰事跡，大多只透過形式零散的民俗文學而流傳於世，誠然是一樁憾事。推究原因，可能是由於文學家尚未獲得沉靜回味與反思的餘裕，新的動亂局面又已迫人而來。

雖然如此，透過歌曲、海報、戲劇、報導文學等相關的民俗作品，人們還是可以逼真地感受到：在那個救亡圖存的大時代中，如沸如焚的愛國熱情，不屈不撓的民族志節，終於成為主導歷史發展的真實力量。五四運動時著名的愛國口號：「中國的土地可以征服不可以斷送，中國的人民可以殺戮不可以低頭，國亡了，同胞起來呀！」，也終於在二十年之後，由全中國軍民浴血抗戰的英勇表現，而獲得了生

動的印證。

雖然，早在「九一八」事變之前四年的田中奏摺裏，日本軍閥即已決定了侵華戰爭的部署；而以日本當時的軍力之強，「三月亡華」並不純然是瘋狂的夢囈，但全面抗戰的最後時刻一到，中國人寧為玉碎、絕不瓦全的犧牲精神，畢竟粉碎了日本軍國主義的圖謀。從臺兒莊會戰到滇緬軍遠征，一寸河山，千行血淚，敵前奮戰，敵後邀擊，中國人在極端劣勢的裝備與條件下，只憑著民族精神的鼓盪，逐漸扭轉了亞洲大陸的戰爭形勢。

而在鐵血飛揚的歷史激流中，也總有少數缺乏定見與毅力的人物，會迷失了自己。曾經在少年時代隻身行刺滿清攝政王，被捕之後言笑自若，渾不以一己生死為意的汪兆銘，居然粉墨登場，成為日本軍閥的傀儡，應驗了他自己當年所吟「啣石成癡絕，滄波萬里愁」的悲調，即是一個明顯的例證。

其實，不待原子彈投落在廣島與長崎，日本偷襲珍珠港，引發了美日之間的太平洋戰爭，即已註定了日本帝國敗亡的命運。因為，中國軍民在抗戰期間艱苦卓絕，節節抵抗，早已使日本失去了兩面作戰的實力與意志，失敗只是時間問題而已。

而中國人在八年抗戰中的表現，則證明雖然久經喪亂，中華民族確有屹立於天壤之間的自信與尊嚴，正是：「天地與立，神化攸同，期之以實，**御之以終**」。

【一】

也許因為從小看慣了

現實的坎坷之下，那些佝僂的背脊、

悲愁的皺紋、風霜的鬢髮，心裏

總覺得那些叱咤風雲躊躇滿志的奸雄，
只是另一個世界裏的魅影，
與眼前的人間世界了不相干；總覺得
他們天生說與鄉野民間淳樸敦厚的人們，
站在截然相反的對立地位。

【二】

與晝夜不替的時間長流相形之下，
人類的戰爭與和平
似乎已不再有多大的意義可言了，
「七星貫斷姮娥死，劫灰飛盡古今平」，
在時間的前面，彷彿

人間一切的榮辱、壽夭、成敗、生死，
乃至智愚、忠奸、賢不肖，已全然被
拉平到同一個可憐而短暫的層面上去了，
不再有若何特殊的區別。

【三】

在這一片拓影之中，
我們自己的民族是否
還能輝映著它應有的璀璨的光華呢？
長溝流月，來去無聲，
生活在杏花影裏、海棠葉上的
中國子民，是否還能

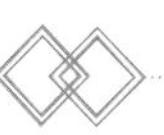

吹奏出一闋聲逐長天遠的
悠揚樂曲呢？

【四】

歷史的考驗是無情的，
民族的傾軋是酷烈的，
一個民族
從生成到發展，從弱小到壯大，
從沒沒無聞到功蓋天地，不知要
經過幾許的焚煉、付出幾許的血淚、
遭受幾許的挑戰？
可是從

強盛到衰落，從昂揚到顛仆，從聲教四訖到一蹶不振，卻往往只是指顧間事。

海風碧雲

「赤城絳闕秋閨夢，碧海青天月夜情，雲外自應思往事，人間猶說誓平生。」曲折而迂迴的中國歷史，在一九四九年共產主義的洪流席捲了整個大陸，舉世各國都以為一個時代已經落幕的狀況之下，卻又顯現了出人意料的重大變化。或許，這就是弔詭而又懸宕的歷史，最令人著迷的地方。

臺灣海峽的波濤，隔離了共產主義席捲全中國的滔滔橫流，也形成了中國暫時對峙分裂的歷史問題。在這局面形成之初，那個以馬恩列史的最忠實信徒自居，而又得意忘形到要「問蒼茫大地，誰主浮

沉？」的毛澤東，曾公然向外國記者宣稱，臺灣將會「像樹上的蘋果一樣，爛熟之後自然掉落到我的手上。」

從已知的資料與相關的跡象來看，毛澤東顯然至死都不曾體認到：海峽兩岸的對立，臺灣卓越的表現，其意義早已超越了政治或軍事的層面，而成為整個中華民族的長遠前途問題，成為共產主義是否適用於中國的基本原則問題。關於這一點，深具大史學家如炬慧眼的陳寅恪，卻已了然於心：「赤城絳闕」與「碧海青天」的對照，並不僅是律詩對仗上的技巧，其間還蘊有歷史路向上的透視，正不啻為中國當代史提供了一項玲瓏剔透的象徵結構。

當抗戰勝利之初，中華民國政府在世界上的聲望，高漲到開國以來的巔峯；到大陸撤離之時，卻又跌落到堪稱匪夷所思的谷底。短短四年的時間，一幕一幕的歷史畫面，一個一個的冷凝鏡頭，一場一場的流離景觀，交織成一個充滿了衝擊與哀愁的巨大啞謎。從雅爾達出

發的陰霾，逐漸膨脹成逼人而來的夢魘。於是，有政治協商，有美蘇角力，有國共和談，有軍事對決。於是，從東北戰場到徐蚌戰場，從平津陷落到南京撤守，烽火和硝煙，粉碎了中國人期待已久的和平、秩序、人道、與法制。而歷史進程的急轉直下，有時竟突兀到令局中人都措手不及的地步。

東南沿海與西南內陸的有計畫棄守，為臺灣取得了喘息和挺立的機會。但當代史上的最大轉捩，還是韓戰突然爆發，臺灣由此而納入到戰後美蘇二體制對立冷戰的格局之中。而經過八・二三炮戰的嘗試，中共政權已領略到軍事冒險並無勝算，臺灣海峽的波濤，開始成為民主政體與共產政權相互競爭的無言見證。而隨著歲月的推移，競爭的結果逐漸清晰浮現：相對於共產主義在大陸實驗的悲劇性幻滅，中國人在臺灣的經濟與締造，彰顯了它無比深長的歷史意義。

歷史有短期的狂飆迅雷，也有長期的積累沉澱。「同入興亡煩惱

夢，霜紅一枕已滄桑」，臺灣對峙三十餘年，形成中國歷史上曠古未有的奇觀，積累沉澱的歷史教訓，應已足夠照明未來中國的路向。在當代中國人看來，這是一條改變中國歷史命運的海峽，正是：「海風碧雲，夜渚月明，如有佳語，大河前横。」

忽見那碧藍碧藍的浩海上
平平靜靜的飄過
一樽玲瓏的小瓶
不知它寫些什麼
水輕輕的流　海重重的在唱歌
其時漫天星星
閃爍而寧靜

得其環中

「宰相有權能割地，孤臣無力可回天，扁舟去做鴟夷子，回首河山意黯然。」當李鴻章在中日甲午戰爭之後，被迫簽署「馬關條約」，將臺灣割讓給日本的時候，臺灣的愛國詩人邱逢甲寫下了這首飽蘸遺民血淚的短詩，作為他對這段誤國痛史的見證與批判。

事實上，當時邱逢甲的悲痛，正反映了絕大多數臺灣民眾的悲痛，因為在絕大多數臺灣民眾的內心深處，臺灣與中國是血脈相繫、夢魂相連的。這從甲午割臺之後，臺灣的愛國志士永不止息的流血抗日運動，即可以清晰感知得到。雖然，限於武力對比上的強弱懸

殊，風起雲湧的臺灣抗日運動，每一次都不免在日本的血腥鎮壓之下，歸於沉寂，只能為本已溢滿憂患的中國現代史，加添了一抹殷紅的血色，然而，每一次仆而後起的抗日運動，也都在印證著臺灣這個遺民世界所代表的、純樸而不屈的愛國精神。

而遺民世界純樸不屈的愛國精神，主要是源自於抗志不移的一代英雄鄭成功的事蹟。在臺灣早期的民俗文學中，鄭成功以海上偏師而擊敗西方強權的荷蘭，奉明朝正朔而力抗滿清鐵騎的攻略；甚至曾一度斬將搴旗，溯江而上，親率大軍直逼南京，使中國全境為之撼動，這種種世罕其匹的英風壯跡，簡直都已成為深印人心的傳奇故事，而與臺灣本身的歷史溶為一體。

連雅堂的《臺灣通史》明白指出：「臺灣固無史也，荷人啟之，鄭氏作之，清代營之，至於今是賴。」這三個階段中，鄭成功拓地墾荒，開府設治，無疑是塑造臺灣純樸而不屈的愛國精神，最具關鍵性

的時期。清代名臣沈葆楨是對鄭成功推崇備至的政治人物，他追念鄭成功一生事業的著名輓聯，卻在不經意間，也恰如其分地刻畫了臺灣在近代中國歷史上的獨特地位：「開曠古從所未有之奇，洪荒留此山川，作遺民世界；極一生無可如何之遇，缺憾還諸天地，是創格完人」。可見鄭成功的義烈事蹟與臺灣人的歷史性格，即使在史學家或政治家的眼中，也同樣是一個不可分離的結合體。

鄭成功於一六六一年親率戰船百艘，戰士二萬五千人，擊敗荷蘭海上艦隊，在臺南鹿耳門登陸，受到漢族和高山族人同樣熱情的歡迎，終於迫使侵佔臺灣的荷蘭人呈遞降書，黯然返航。這其實不僅是近代中國史上的一件大事，也是十七世紀中葉世界勢力平衡的一項指標，顯示當時的中國國力，並不在西方一流強國之下。過此以降，中西歷史的各自發展，逐漸向不利於中國的方向移動。但作為孤懸於海外，卻綰控著航海要道的臺灣，在中國歷史上的重要地位，則日形突

出。

從鄭成功收復臺灣，經過滿清入駐、甲午割臺、抗日運動、戰後光復，直到如今的隔海對峙，臺灣在近代中國歷史上，一直扮演著牽一髮而動全身的微妙角色。這種情景，若以象徵化的文學語言來形容，正是：「超以象外，得其環中，持之匪強，來之無窮。」

【一】

中國的先民

所表現的那種廣瀚的心胸、

堅定的毅力、

明徹的智慧、卓絕的犧牲，迄今

猶使我們如見其人，如聞其聲，

凜然
有生趣瀰漫的感覺。

【二】

他們為中國
盡過他們的力、流過他們的血，
奉獻過他們的智慧或生命，所以
中國壯闊的大地上、
中國古樸的文化中，無時不在
閃爍著先民們
艱難締造永恆追尋的精神，所迴映出來的
曖曖光華。

萬取一收

「地變天荒總未知，獨聽鳳紙寫相思，高樓秋夜燈前淚，異代春閨夢裏詞。」能夠堅持以深情和人道的眼光，去看待歷史的人，總可以在歷史中深刻地體會到亙古以來，人類所遭受到的種種苦難和愴楚、悲愁和承受。但也正是在這種種訴說不盡的苦難和愴楚、悲愁和承受之中，讀歷史的人若是兼具文學的情懷，便可以發現：人性的溫煦與尊嚴，甚至人類的偉大與不朽，其實正在默默地透顯於人間大地之上。

時至今日，大抵已經沒有人能夠斷言歷史具有如何如何的「普遍

法則」；同樣地，也沒有人敢於聲稱人性具有如何如何的「永恆本質」了。其實，歷史與人性是一組無法截然劃分的孿生概念，若問：「人性的本質是甚麼？」答案必須向歷史中去尋求；而若問：「歷史的法則是什麼？」答案又必須溯及到對人性深度的理解。

真正高明的歷史著作，通常都能夠從某個特定的角度，觸及到人性的深處，所以，通常都含有與文學作品相近的意味，而不可能化約為絕對嚴格的量化科學。而真正動人的文學作品，通常也都在某個層次上，極自然地刻劃了人類獨特的歷史情境，而不可能全然孤懸於歷史之外。事實上，文學作品的本身，也就是人類心靈的歷史創獲之一，最後也都納入於文學史的巨流之中。因此，歷史、文學，與人性，若是站在以「人」本身作為精神主體的立場上看來，顯然具有微妙而真切的互動關係。

中國有確實年代記載的歷史，已經超過了兩千七百五十年，有

大略輪廓可考的歷史，更已超過了四千年以上。在漫長而持續的歷史進程中，有榛萊初闢、古愁莽莽的神話傳說，有曙光初現、理性早啟的先秦學術，有列國紛爭、布衣卿相的英雄時代，也有興亡起伏、循環不已的專制王朝。潮落潮生，緣起緣滅，在蒼茫壯闊的中國大地上，曾經產生過數不盡的霸主與梟雄，帝王與權臣，以及英雄與美人。然而，真正承荷了中國歷史的命運與壓力，也體現了中國人性的溫煦與尊嚴，卻是一代又一代純樸而善良的中國人民。所以，正確說來，中國歷史的故事，其實是中國人民的故事，是中國人民在中國土地上所發生的，有血有淚、有愛有恨的故事。

但一部廿四史，已經不知從何說起，何況是一部涵納了全體中國人民的生活、思想、命運、與感情的故事？好在，中國有長期民俗文學的傳統，正是在長遠流傳於民間社會的通俗講史作品中，後代人們能夠體會到中國先民的精神，觸及到中國人性的深處，參與到中國歷

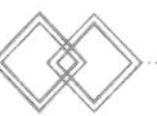

如何經過種種心智的成長
與現實的掙扎，而奮然
突破了黝黑一片的時流籠蓋，
寫下了人類歷史的早期篇章

【二】

時間卻又正是人類生命的本身。
生命，只有在時間之流裏，才能
彰顯它存在的軌跡，
生命，其實即是時間，
捨時間而外，人類生命
既無從想像，也無所寄託。

故而，人類所承受到的
時間之迫壓與炫惑，是雙重的。

【三】

理解時間的奧秘呢？誰能
掌握時間的動向呢？誰能
抗逆時間的驅迫呢？面對那
浩浩悠悠急湍奔湧的
時間之流，人類
簡直顯得太渺小了，有如
暴露在無邊颶風之中的
蘆葦一般，茫然無措，脆弱易折。

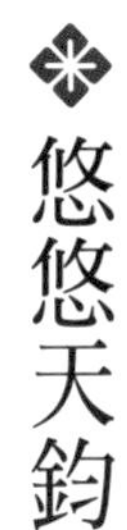

悠悠天鈞

「江都三月看瓊花，寶馬香輪十萬家，一代興亡天寶曲，幾分春色玉鈎斜。」雖然，與西方文學相形之下，中國缺乏長篇史詩與敘事詩的傳統，但以簡練而優美的文字，蒼涼而曠達的情懷，來表達曲折深沉的歷史感喟，卻是中國文學的特色之一。中國歷代有志於功名的正統文人，固然經常以詩詠史；吟遊於湖海山林的民俗作家，也不時以彈詞或鼓詞的形式，表達他們對歷史的悲情與幽思。

曾經，在中國的通都大邑，在中國的荒村野店，甚至在中國的山陬水涯，偶爾都可以看到一兩個孤獨而灑脫的身影，或拉胡琴，或彷

山歌，吟唱著諸如：「子胥功高吳王忌，文種滅吳身首分。可惜了淮陰命，空留下武穆名。今日的一縷英魂，昨日的萬里長城……」，或「峰巒如聚，波濤如怒，山河表裡潼關路。傷心秦漢經行處，宮闕萬間都做了土。興，百姓苦，亡，百姓苦！」之類的蒼涼句子，彷彿在訴說著亙古以來，在漫漫的歷史長夜中，中國人所遭遇的種種不義與冤苦。

有心人收集並串連了這些零散的句子，略加整飭增補，便組成了民俗文學之中，一種深具歷史感性與批判意涵的獨特文類。而正是這種深入民間的彈詞與鼓詞，以及將彈詞與鼓詞用作敘事語言的野台戲，使大多數並沒有能力閱讀正史的中國人，都能夠熟諳若干片斷的歷史故事，從而以素朴的民間正義觀念，為慘遭冤苦或迫害的歷史人物，在心靈深處加以平反。透過這種心靈感動與心靈平反的歷程，鄉野民間世世代代的中國人，自動與清白正直的歷史人物認同，而鄙棄了迫害他們的帝王與權臣。其實，這也正是歷史正義的一種彰顯方式。

在題材繁蕪的歷史彈詞作品之中，歸莊（祚明）的《萬古愁曲》與楊慎（升庵）的《廿五史彈詞》，佔有極特出的地位，因為這兩種彈詞，都以極濃稠的結構、極適切的文詞和極強烈約感性，集中表述了整個中國歷史的悲情與幽思，使人油然而生「念天地之悠悠，獨愴然而涕下」的無盡蒼涼悲壯之感。已逝世的當代中國哲學家唐君毅，曾自述在國變流亡之際，一切書卷，都藏於篋中，只留《萬古愁曲》一卷，「一燈熒熒，琅琅獨誦」，以體會中國人飽閱歷史興亡之後的悲劇意識。可見這種源起於鄉野民間的歷史悲情，也同樣能夠與高級知識分子的文化省思，發生共鳴。

而無論是蒼涼悲壯，抑或是溫煦淳厚，甚或是哀豔纏綿、驚心動魄，一代復一代的中國人，在中國的土地上經營他們的生活，承受他們的命運，留下他們的故事，有時也發出他們的吶喊，迸現他們的怒火。這一切鮮明活絡的真實生命之躍動，都已沉澱在中國歷史的巨流

中。

而中國的歷史還是一逕向前推進著。那些發生在中國大地上，而能流傳至今的感人故事，也仍將一直流傳下去。至少，在民俗文學的領域內，這些故事仍將是主要的精神背景，激發著現代中國人悠遠綿邈的歷史感性，使中國人有一個心靈上的故鄉。若以司空圖《詩品》中的句子來形容，正是：「**幽人空山，過水采蘋，薄言情語，悠悠天鈞**。」

據說

人類的樂園，是早在神話時代

即已失落了的，而一部

人類文明進展史，就代表了

人類重新找尋那「失樂園」的努力；
其實每一個人
都曾有過他自己的樂園，那是在
朦朧遙遠的早年，在
漫無心機的歲月。

❖萬千種話一燈青（後記）

陳曉林

以一系列結合著感性描摹和理性思維的散文，來刻畫中華民族在歲月之流中跋涉而過的軌跡與足印，兼且表述中國人在心靈意識中沉澱而成的情懷與價值，是我個人多年以來始終念念不忘的一項心願。如今，寫完了這一系列文字，也算是為自己了卻掉這項心願。在這個「水深波浪闊」的時代裏，一個固執於人文理念的知識分子還能抽暇做一點自己真正想做的事情，平心而論，也稱得上是幸運的了。

這四十篇散文，每一篇都觸及了中國歷史上的一個時代，以及中國人在那個時代裏所遭遇的生命試煉，或所締造的文明業績。因

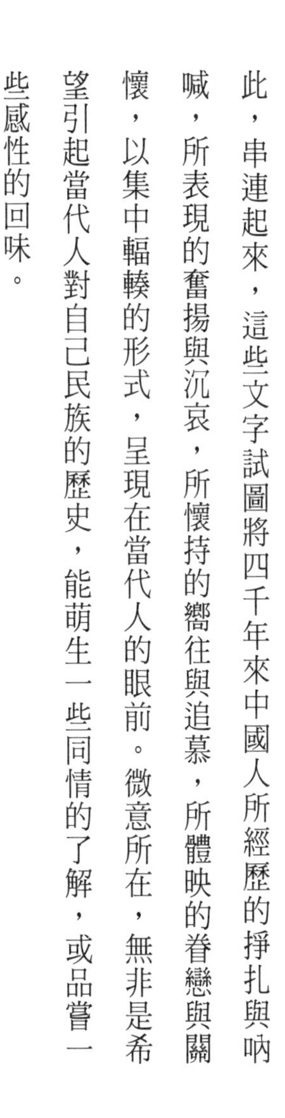

此，串連起來，這些文字試圖將四千年來中國人所經歷的掙扎與吶喊，所表現的奮揚與沉哀，所懷持的嚮往與追慕，所體映的眷戀與關懷，以集中輻輳的形式，呈現在當代人的眼前。微意所在，無非是希望引起當代人對自己民族的歷史，能萌生一些同情的了解，或品嘗一些感性的回味。

當然，若真要對中華民族的歷史作一次完整的剖視與回顧，應該是屬於撰寫一部中國通史那樣的浩大工作，而絕不是短短四十篇散文所能為力的。事實上，繼史學家錢穆的《國史大綱》之後，也該有新時代的學者，以新時代的觀點與方法，來為自己民族的歷史留下新的心血結晶了。然而，當代中國史學家中，受過嚴格學術訓練的人物雖然不在少數，對自己民族的歷史表現出同情的了解及溫暖的敬意者，卻寥若晨星。何況，現代人大多忙得無暇閱讀卷帙浩繁的學術專著。相形之下，以感性的散文來刻畫民族的歷史，或也不失為無可奈

何中的權宜之計吧！

我個人深知自己天性之中具有不可救藥的浪漫主義傾向，尤其對中國鄉野民間所流佈的那些悲愴而浪漫的傳奇，深感興趣；所以，在構思與抒寫這一系列的散文的時候，極可能美化了受難的英雄，而貶抑了正統的王朝。然而，我仍然深信，長久流傳在鄉野民間的稗官野史，才真正承載了中國人共同的感情與記憶，也反映了中國人共同的眷戀與關懷。

「吟罷江山氣不靈，萬千種話一燈青，忽然擱筆無言說，重禮天台七卷經！」這是一代才士龔定盦在遍遊名山大川、目擊民間苦難之餘的感慨。然而，如今我們所面臨的困局卻是：絕大多數人對自己民族的歷史已根本失去了興趣。因此，在寫完這一系列文字之後，我竟徒然興起「萬千種話一燈青」的蒼涼孤寂之感。或許，在一個所謂的「後現代社會」裏，人們確實不需要歷史。

為了配合這一系列散文，每一篇文末都附有一首散文詩；這是為了增加閱讀時的節奏感與迴旋感。這些散文詩，多數是我自己的作品，也有一些是友人溫瑞安、陳義芝、簡媜、蘇偉貞、馮曼倫等的詩句。朋友們的盛情可感，在此謹致謝忱。

吟罷江山

作者：陳曉林
發行人：陳曉林
出版所：風雲時代出版股份有限公司
地址：105台北市民生東路五段178號7樓之3
風雲書網：http://www.eastbooks.com.tw
官方部落格：http://eastbooks.pixnet.net/blog
Facebook：http://www.facebook.com/h7560949
信箱：h7560949@ms15.hinet.net
郵撥帳號：12043291
服務專線：(02)27560949
傳真專線：(02)27653799
執行主編：朱墨菲
美術編輯：吳宗潔

法律顧問：永然法律事務所 李永然律師
北辰著作權事務所 蕭雄淋律師

初版日期：2015年6月
ISBN ：978-986-352-155-6

總 經 銷：成信文化事業股份有限公司
地　　址：新北市新店區中正路四維巷二弄2號4樓
電　　話：(02)2219-2080

行政院新聞局局版台業字第3595號 營利事業統一編號22759935

定價 ：240元

國家圖書館出版品預行編目資料

吟罷江山 / 陳曉林著. -- 臺北市 : 風雲時代,
2015.01　面；　公分
ISBN 978-986-352-155-6(平裝)

855　　104000136